In der Kathedrale meines Herzens

25 traurige Lachgeschichten
von
Manfred Riediger

Titelfoto: Daniela Riediger

© 2021, Manfred Riediger
Herstellung und Verlag: BoD – Books on Demand, Norderstedt
ISBN: 9783754374351

Für die vergessliebste Mama der Welt

Inhaltsverzeichnis

Sonnenuntergang

Sonnenaufgang

1 Mama

Mama, neulich hast du „Rudi" zu mir gesagt.
„Bin ich der Rudi?", habe ich dich gefragt.
„Ja, klar. Du bist der Rudi, wer solltest du denn sonst sein?
Du wirst doch noch wissen, wer du bist", hast du gelacht.
„Und es ist schön, dass du mich besuchen kommst, Rudi."

„Und der Manfred? Kannst du dich an den auch noch
erinnern? Kommt der dich auch manchmal besuchen?"
„Der Manfred? Das ist doch mein Sohn. Der kommt mich
auch besuchen, natürlich. Aber nicht so oft. Der muss viel
arbeiten, weißt du. Aber wenn ich ihn brauche, ist er da.
Auf meinen Sohn kann ich mich verlassen, Rudi."

Schön, Mama, dass du das wenigstens noch nicht
vergessen hast.

2 Ein Bankert wird geboren

Einen Tag nach meiner Geburt hat mein Vater meine Mutter verlassen. Mein Vater war Amerikaner, Soldat, Besatzungsmacht, 1953. Ich war ein uneheliches Kind, ein Bankert.

Nun war meine Mutter aber nicht das einzige deutsche Fräulein, das ein Problem mit den Besatzungsmächten hatte. Nach einer aktuellen Studie sollen zwischen 1945 und 1955 etwa 400.000 Kinder von Soldaten der Besatzer in Deutschland gezeugt worden sein. Und wer waren die fleißigsten Herzensbrecher (oder Vergewaltiger)? Die Russen. Etwa 300.000 uneheliche Kinder schreibt man ihnen zu. Respekt. Rund 70% der von den alliierten Soldaten gezeugten Kinder wurden von den deutschen Frauen und deren Familien angenommen. Ehrlicher Respekt! Der Rest ging über die Wupper, bzw. über den Rhein, denn die einzigen, die sich um die lieben Kleinen gekümmert haben, waren die Franzosen.

Während Briten, Sowjets und Amerikaner deutsche Frauen quasi als Teil ihrer Kriegsbeute betrachteten, reklamierte die französische Regierung diese Besatzungskinder als „Enfant d´État", als Kinder der „Grand Nation" und schickte sogar Rechercheoffiziere ans Bett der Wöchnerinnen, damit diese kurze Erklärungen unterschreiben konnten, in denen sie bestätigten, dass ihr gerade geborenes bébé das Kind eines französischen Soldaten war: Ab nach Frohnkreich! Männer braucht das Land! Die eigene Jugend war ja von den Deutschen totgeschossen worden.

Denke ich an die Essgewohnheiten der Franzosen, könnte ich mich schrecklich darüber ärgern, dass mein Vater ein amerikanischer Soldat war: Rotwein gegen Coca-Cola, Froschschenkel gegen Burger, Weinbergschnecken gegen Pommes, zu spät. Den Amis war es von ihrer Regierung freigestellt, ob sie sich um ihre Brut kümmern wollten oder aber nicht: Strikte Privatangelegenheit!

Vielleicht hat man ihn auch vor die Wahl gestellt: Entweder du heiratest das deutsche Fräulein oder du gehst als Freiwilliger nach Korea. Und er hat das kleinere Übel gewählt und ist nach Asien abgehauen, wer weiß.

Mein Vater hieß Larry von Tesmar. Von Tesmar! Alter westpreußischer Adel. Ich hätte also Manfred von Tesmar heißen können. Was für ein Name!

„Gestatten? Manfred von Tesmar." Leck mich fett, leck mich fett, hört sich das gut an! Da wären mir aber alle Türen offen gestanden. Ist aber leider nix daraus geworden.

Riediger heißen tu ich. Manfred Riediger. Wissen Sie, was dieser Name bedeutet? „Riediger" bedeutet „aus dem Ried", „aus dem Moor", „aus den feuchten Niederungen". Und Manfred? Der Männerschutz. Was soll das denn? Der Männerschutz? Bin ich vielleicht das Kondom aus den Feuchtgebieten?

Ich habe meinen Vater nie gesehen, er mich auch nicht. Kein Blick. Kein Wort. Keine Zeile. Keinen Pfennig, geschweige denn Dollar. Er hat sich nie um seine Brut gekümmert, nie, in keinem der anstehenden Fälle. Arschgesicht.

Mein Vater ist zwei Tage vor seinem zweiundfünfzigsten Geburtstag gestorben. Gehirnschlag. Totgesoffen.

Woher ich das weiß? Weiterlesen! Hell of a story! Get your blow rags!

3 Vater gesucht

Meine Mutter war in all den Jahren meiner vaterlosen Zeit nicht untätig gewesen. Allzeit bereit! Immer auf der Suche nach einem Mann für sich und einen Vater für mich. Wobei ich glaube, dass sie es eher auf einen Daddy für ihren little Bankert-boy abgesehen hatte. Aber was sie da alles dahergebracht hat, unter aller Sau!

In einer ersten frühkindlichen Erinnerung sehe ich mich in einer Kellerwohnung, adrett gekleidet, in ein zu großes Mäntelchen gesteckt, Kappe mit Pelzbesatz auf dem hochroten Kopf und Fäustlinge, war Winter. Mama hatte mich fesch gemacht, weil sie mir einen Freund vorstellen wollte, junger Mann, Ende zwanzig vielleicht.

Aber in dessen Kellerwohnung war nicht nur er, da saßen noch ein paar seiner Freunde herum und ich sehe Bierflaschen, rauchende Männer und Aschenbecher vor mir. Und dann hat der Freund von der Mama etwas gesagt, etwas, das ich nicht verstanden habe, aber offensichtlich etwas Lustiges, denn alle haben gelacht. „Also, wie kannst du denn so etwas sagen, vor dem Kind", so oder so ähnlich hat sich meine Mutter entrüstet. Dann hat ein anderer etwas gesagt und wieder haben alle lauthals gelacht, Mama aber nicht. Und obwohl sie alle gelacht haben, fühlte ich mich sehr unwohl, habe zu meiner Mama aufgeschaut und mich dann an ihrer Hand festgehalten und mich in ihren Rock eingedreht. Und wieder haben alle gelacht. Und endlich hat meine Mutter etwas gesagt: „Komm, Manni", hat sie gesagt, „wir gehen". Und ich habe mich wieder entspannt. Erster Vateranwärter: Abgeschmettert!

***

Der zweite Bewerber, der sich, noch im gleichen Jahr, um die Stelle als Ersatzvater bemühte, war ein amerikanischer Offizier. Stevenson hieß er. Toller Mann, I admit.

Es war nämlich so gewesen: Mama hatte sich bei den Vereinigten Streitkräften der Vereinigten Staaten von Amerika heftig über die Moral der amerikanischen Soldaten beschwert, zwengs kindermachen und dann abhauen und so. Die Repräsentanten der Vereinigten Streitkräfte der Vereinigten Staaten haben auch zutiefst bedauert, aber letztendlich war die message eindeutig: That´s all in the game, wenn du dich mit einem Ami einlässt: Iss halt so. Hätte man vorher wissen können.

Allerdings zeigten die verantwortlichen Offiziere Mitleid und besorgten meiner Mutter eine Stelle als Bedienung im Offiziersclub der Bleidorn Kaserne. Und besonderes

Mitleid muss der Offizier Stevenson mit meiner Mutter gehabt haben: ein schlanker, durchtrainierter, stattlicher Mann mit kurzen, bereits graumelierten Haaren, crew cut. Georgyboy, lange vor der Erfindung von Clooney. Unsere Bekanntschaft verlief dann aber sehr unglücklich.

Mama hatte mich wieder einmal zu sich geholt, ausgeliehen von meinen Großeltern, was sie fast immer machte, wenn sie einige Tage frei hatte. Aber dann hieß es plötzlich, sie müsse im Club über Mittag aushelfen. Jetzt Problem, weil 5-jähriger Bankert alleine, das geht gar nicht. Irgendwer, wahrscheinlich sogar der arme Offizier Stevenson selber, kam dann auf die Idee, man könnte mich bei ihm abliefern, obwohl er am Abend ins Manöver ziehen sollte und noch etwas Schlaf brauche. Scheiß Strategie, Soldat, denn ich fürchtete mich wieder einmal sehr und Not macht außerordentlich erfinderisch.

Der Mann sprach kein einziges Wort Deutsch, Ami halt. Ich sprach nur einen Satz Englisch, der mir von meiner Mama andressiert worden war: „Hello Mister American, please give me a chewing gum." Gewaltreim und nicht in jeder Situation hilfreich.

Bläh, bläh, bläh!!!

Das war meine Strategie. Ich begann zu schreien, wie ich vorher und nachher nie mehr in meinem ganzen Leben geschrien habe.

Bläh, bläh, bläh!!!

Ja, saxndie! Ich kannte diesen fremden, imposanten Ausländer doch nicht! Natürlich hatte man mir die Situation vorher genau erklärt, na und? Eltern lügen ihre Kinder immer wieder mal an, das ist Teil der Erziehung, oder etwa nicht? Es hätte ja auch gut sein können, dass man mich abschieben wollte, nach Amerika, zu meinem Arschgesichtsvadder! Vielleicht war der amerikanische Offizier Stevenson ja ein Verbündeter von dem amerikanischen Soldaten Larry von Tesmar? Unterwegs in geheimer Mission, konnte man es wissen? Ich jedenfalls nicht. Mission impossible!

Also: **Bläh, bläh, bläh!**

Drei Stunden lang: bläh, bläh, bläh. Ich glaube, dass meine arrestingly deep voice, die bei den Frauen bis auf den heutigen Tag so zügellos gut ankommt, von diesem Schreigelage herrührt. Schäme mich heute noch dafür. Das war nicht OK gewesen, aber die Waffen eines

Kleinkindes halt, man könnte auch sagen: Schwere Artillerie.

Stevy, ich habe mir ein sympathisches Gefühl für ihn aufbewahrt, Sie merken es hoffentlich, hat mehrmals ganz ruhig auf mich eingeredet. Ja, zugegeben, er sei ein Soldat, aber ein ganz lieber und natürlich habe er schon Menschen getötet, aber er würde nie ein Kind erschießen, zumindest nicht absichtlich, es sei denn aus Notwehr, weil es zum Beispiel nicht aufhört wie am Spieß zu schreien. Als er schließlich merkte, dass seine Friedensangebote nichts nutzten, hat er sich ins Bett gelegt, sich rumgedreht und geschlafen. Respekt, Soldat! Nerven wie Drahtseile.

Manchmal stelle ich mir vor, wie es geworden wäre, wenn es mit dem Stevenson und der Mama und mir geklappt hätte. Dann verbrächte ich meine Zeit heute im Amiland, nix mehr fränkische Bratwürste und kein warmer Leberkäse mehr zum Abendessen: Geht überhaupt gar nicht.

***

Das dritte Männchen, das um meine Gunst buhlte, war Arthur. Schätze, ich bin damals noch nicht mal sechs Jahre alt gewesen. Mama hatte mir wochenlang von ihm erzählt: „Arthur hat ernste Absichten, weißt du?" Nein, ich wusste nicht, was ernste Absichten sind, bedroht fühlte ich mich, weil „ernste Absichten" hört sich ernst an. Vielleicht war ich aber auch nur eifersüchtig, weil meine Mama mich mit einem anderen Mann teilen wollte.

Aber dann kam er uns besuchen, der Arthur, an einem Samstagnachmittag war's und der Arthur hatte sich brav in Schale geschmissen: brauner Anzug, hellbraunes Hemd, grüngestreifte Krawatte, Mode Anfang der sechziger Jahre halt, und das alles wegen mir, völlig over dressed: Schon mal ein dickes Bläh!

Und dann wollte er, dass ich mich auf seinen Schoß setze: bläh, bläh. Und weil ich das nicht wollte, hat er mich einfach am Arm gepackt und schon saß ich da, dreimal bläh! Und dann hat er was erzählt von Kaufladen bauen und Fußball spielen. Mit einer Hand hat er mich an meinem linken Arm festgehalten und mit der anderen Hand hat er mir über den Kopf gestreichelt. Hundertmal BLÄH! Verkackt, gehörig verkackt! Und gerochen hat er außerdem. Nicht nach Schweiß, eher nach derbem Rasierwasser, denn rasiert war der wie eine Eins, aber da war noch etwas anderes in seiner Ausdünstung. Ich habe später meine Mutter gefragt, wonach der Arthur denn so stark gestunken hat, und dann hat sie mich aufgeklärt: „Weißt du, Manni, der Arthur trinkt. Wenn er nüchtern ist, ist er aber ein ganz netter Kerl." Mama mia! Meine Mutter hatte sich ernsthaft überlegt, ob sie einen Alki heiraten wollte, nur damit ich versorgt wäre. Ich habe sie dann vor die Wahl gestellt und sie hat gut gewählt. Nochmal Glück gehabt, beide.

***

Möchtegernvadder Nummer vier hieß Meier, einfach so: Meier. Ob er wirklich mein Vater werden wollte oder nur eine Freundin gesucht hat, ein Verhältnis, wie verwerflich, hat sich mir nie erschlossen. Der Meier konnte verwaltungstechnisch nämlich gar nicht mein Vater werden, der Meier war verheiratet. Zwei Ehefrauen gleichzeitig geht nicht, Frau und Freundin aber schon. Ein Lustschlack, der Meier.

Dem Meier seine Frau war krank: Krebs. Und meine Mutter hat mir öfter gesagt, man müsse für die Frau Meier beten. Mir war nur nicht so ganz klar, worum man eigentlich beten sollte. Normalerweise doch um eine baldige Genesung. Hat sich aber immer so angehört, als ob man der Frau Meier eine baldige Erlösung wünschte, so in Richtung ewige Jagdgründe.

Meine Mutter war an ihrer gemeinsamen Zukunft mit dem Meier so sehr interessiert, dass sie sich sogar von der Tante Emma hat Kartenlegen lassen: Herzbube über grünen Weg und so. Kam aber nichts dabei heraus. Vielleicht war die Frau Meier ja in Wirklichkeit pumperlgesund gewesen, so dass die Karten aufgrund permanenter Fehlinformationen keine klare Zukunftsvision übermitteln konnten, möglich gewesen wäre es ja.

Der Meier kam meistens unter der Woche zu meiner Mutter. Das war mir Wurst, da war ich bei Oma und Opa in meinem fränkischen Dorf, und was ich nicht weiß, das macht mich nicht heiß. Manchmal kam er aber auch samstagabends. Jetzt Interessenskonflikt bei meiner Mutter, denn an den meisten Wochenenden hat sie mich zu sich in die große Stadt, in die Hauptstadt Mittelfrankens, geholt. Da war dann ich der Platzhirsch, da hat es keinen zweiten balzenden Hirschen mehr gebraucht. Einmal, unvergessen, endpeinlich, ich schäm mich so, es kostet große Überwindung das preiszugeben, saßen wir zu dritt im Wohnzimmer, fernsehschauen. Kaum war die Sendung zu Ende, hieß es:

„Jetzt gehst du aber gleich ins Bett."
Mag nicht.

Weil, das war ganz nett gewesen, so zu dritt, mit der Mama, dem Meier und mir. Der Meier hatte sich Mühe gegeben, immer lustig und stets bemüht, meine Sympathie zu gewinnen. Die haben sich mit mir kleinem Knopf unterhalten, ich durfte quasi an einem Erwachsenengespräch teilnehmen, wann hat man das schon mal als Sechsjähriger?

„Aber es ist doch schon so spät. Du musst doch morgen wieder aufstehen." Mag nicht. Morgen Sonntag. Morgen nix aufstehen.

Sie versuchten es noch ein paar Mal, mit wachsender Ungeduld. Sie müssten sich noch über wichtige Dinge unterhalten, logen sie mir vor, Erwachsenenwelt, Kinder würden diese Sachen nicht verstehen. Mag trotzdem nicht.

„Du ziehst jetzt sofort deinen Schlafanzug an und haust ab ins Bett!"
Aha, der Meier zeigt sein wahres Gesicht! Plötzlich stark erregt, der Mann.
„Wenn du nicht sofort deinen Schlafanzug anziehst, zieh ich dich eigenhändig nackig aus und sperr dich in dein Zimmer ein."

Und das hat er dann auch gemacht. Bevor ich mich fragen konnte: „Hä, wie soll das denn gehen? Der kann mich doch nicht gegen meinen Willen nackt ausziehen?" saß ich aber auch schon splitterfaserpippipeinlichnackt auf unserem Sofa, Menschenwürde überhaupt gar nicht.

Ist dann aber nichts geworden mit dem Meier und der Mama. Bläh! Bin nach diesem Vorfall nämlich sehr intensiv und penetrant beim lieben Gott vorstellig geworden, betreffs einer baldigen Genesung von der Frau Meier. Und der liebe Gott hat auf mich gehört; kann auch nicht jeder von sich sagen.

***

Der letzte Buhler um meine und meiner Mutter Gunst, Kandidat Numero fünf, war der Herr Feuerbach. Hieß anders, aber in unsere Familiengeschichte ging er als der Herr Feuerbach ein, weil er in Stuttgart-Feuerbach wohnte und wir ihn im Zug von Stuttgart nach Ansbach kennengelernt haben.

Meine Mutter und ich waren mal wieder mit der Bahn unterwegs, ausflugmassig, Freifahrtscheine ausnutzen, Wilhelma, Stuttgart, wennstes genau wissen willst. Kurz nach dem Desaster mit dem Stevenson hatte sie bei den Amis gekündigt und eine Stelle bei der Bahn erhalten,

Kantinenmitarbeiterin. Jetzt befanden wir uns auf der Heimfahrt nach Ansbach. In unserem Zugabteil lernten wir diesen Herrn Feuerbach kennen. Das war ein gesprächiger Mensch, geistreich, durchaus charmant und sehr gepflegt. Ich war mittlerweile neun Jahre alt. In Ansbach angekommen, tauschten Mama und er die Adressen aus, weil, wie sich herausgestellt hatte, der Herr Feuerbach Verwandte in der Barockstadt hatte, die er regelmäßig besuchte, und da könnte man sich doch einmal treffen.

Was wohl auch geschehen sein musste! Weiß ich ja nicht, war ja unter der Woche noch bei den Großeltern in Weidenbach und Mama allein zu Hause, Mama sturmfreie Bude, keine Kontrolle über Mama. Jedenfalls machte sie die nächsten Wochen und Monate einen sehr ausgeglichenen Eindruck, man konnte auch glückselig dazu sagen. Sie zeigte mir auch Briefe, die sie vom Herrn Feuerbach erhielt, und las mir Auszüge daraus vor. „Ich schreib ihm auch," gestand sie mir. Wie gefällt er dir denn, Manni?

Das mit dem Schreiben hätte sie lassen sollen. Schriftliches Dokument, hohe Beweiskraft, böser Fehler. Als ich sie dann wieder einmal besuchen kam, mittlerweile fuhr ich natürlich schon alleine mit dem Omnibus oder der Bahn von Weidenbach zu ihr nach Ansbach, war sie in Tränen aufgelöst und wollte überhaupt nicht mehr aufhören zu weinen. Keine schöne Situation, für uns beide nicht.

„Schau, was dieses Arschloch geschrieben hat."

Und dann las ich und verstand meine Mutter sofort, neun Jahre hin oder her, das war eine klare Botschaft:
„Sehr geehrte Frau Riediger ... Ich bitte Sie, Ihre plumpen Annäherungsversuche zu unterlassen ... Ihr Benehmen ist aufdringlich, Ihr Ansinnen unanständig ... Sie sind doch nur auf der Suche nach einem Vater für Ihren Bankert ... Suchen Sie sich doch bitte ein anderes Opfer und lassen Sie mich, einen verheirateten, anständigen Mann zukünftig in Ruhe. Hochachtungsvoll."

Das mit dem Bankert wörtlich, der Rest sinngemäß, aber eindeutig, gell?

Da hat er wohl Zoff mit seiner Alten gekriegt, der schöne Herr Feuerbach. Und jetzt zum Abschluss noch ein Satz speziell für dich, Feuerbach, du Arschgesicht, falls du noch leben solltest und du vielleicht jetzt gerade im Altersheim diese Geschichte liest, oder dir diese Geschichte von deiner Frau vorgelesen wird, frei nach einem altbewährten Scheißhausspruch, nur für dich jetzt: „Wer das liest, ist ein Depp!"

Mama hat dann das halbe Dutzend noch vollgemacht. Gerd hieß er. Mann mit vier Kindern. Hat für große Aufregung gesorgt, besonders bei meinem Opa, der Angst hatte, dass sein Bubala, das war natürlich ich, künftig zu kurz kommen würde, erbschaftsmassig und so, wäre aber nicht notwendig gewesen, weil sowohl meine Großeltern als auch meine Mutter für mich immer vorgesorgt haben. 1974 hat meine Mutter dann den Gerd geheiratet. Das war ein Jahr bevor ich geheiratet habe. Beide versorgt!

4 Mein Lederball

Ich war 6 Jahre alt, erste Klasse Volksschule, Weidenbach, Mittelfranken, und besaß einen braunen Lederball.

Einen echten Lederball! „Echt" heißt mit Schweinsblase innen drinnen. Nix aus Gummi oder so, wie man ihn auf Jahrmärkten kaufen konnte, wo man zwei Mal dagegengetreten ist und der Ball ist dann geplatzt und wo man dann mit dem kaputten Gummiteil weitergespielt hat, weil es ja nix gab damals. Es war Frühling im Jahr 1960, März.

Ich wurde von meinen Großeltern erzogen, Sie haben die Einleitung ja gelesen. Glauben Sie mir, meine Oma und meinen Opa verehre ich bis auf den heutigen Tag. Trotz der Sache mit dem Lederball. Den Lederball hatte ich von meinem Großvater geschenkt bekommen. Mein Großvater war der Postbote im Dorf, vorher hatte er als Schuster gearbeitet, Flüchtlingsfamilie aus Grulich oder Hermannstadt oder Märisch Schönberg. Egal, Hauptsache Sudetenland.

Es hatte keinen Anlass gegeben, mir einen Lederball zu schenken, kein Geburtstag, kein Weihnachten. Er kam einfach so. Vielleicht hatte mein Großvater den Ball auch selber zusammengenäht, quasi als Abschied von der Schusterei, weil sie ihn bei der Post genommen haben. Das weiß ich nicht mehr so genau. Vielleicht hat er aber auch schon als Postbote gearbeitet, war mit dem Fahrrad irgendwo unterwegs gewesen und da kam der Ball daher gerollt und dann ... Glaub' ich nicht, mein Opa war ein anständiger Mensch.

Auf jeden Fall besaß ich einen Ball. Ich. Der 6-jährige Bankert. Einen Lederball. Mein Stolz. Mein Über-Über-Überstolz. Kein anderer Junge im Dorf hatte einen Lederball zu Hause. Keiner. Nicht einer. Ich war im ganzen Dorf der einzige, der einen Lederball besaß. Im Fußballverein, da gab es natürlich Lederbälle, aber da kam ja niemand ran.

Wenn die Großen, die Achtklässler, Fußball spielen wollten, und das wollten sie fast jeden Nachmittag, kamen sie zu mir: „He, Dicker (Das war mein Spitzname, nicht weil ich dick gewesen wäre, niemals, sondern wegen „Rie-dicker", verstehst du?), spielst du heute Nachmittag mit uns Fußball?", fragten sie mich. Mich, mich, mich! Natürlich wollten sie nicht mit mir spielen. Mit meinem Ball wollten sie spielen. Aber ohne mich ging das halt nicht. Entweder mit mir oder gar nicht. Und so kam es, dass ich mit den Großen spielen durfte.

Zuerst wurden zwei Mannschaften gewählt. Das ging dann zunächst einmal so, vielleicht erinnern Sie sich: Die zwei besten Spieler stellten sich etwa drei Meter gegenüber und dann ging es los. Tipp. Top. Wer zuerst dran war, stellte seinen rechten Fuß vor sein linkes Standbein: Tipp. Dann der andere: Top. Dann wieder der Erste, jetzt linken Fuß vor das rechte Standbein: Tipp. Und der andere wieder: Top. Derjenige, der als Letztes seinen ganzen Fuß zwischen sich und seinem Gegenüber stellen konnte, hatte gewonnen und durfte sich als Erster einen Mitspieler aussuchen. Das ging dann so lange, bis alle Kinder auf zwei Mannschaften verteilt waren. Glauben Sie jetzt bloß nicht, dass ich stets als Letzter ausgewählt wurde, das wäre eine schlechte Pointe. Stimmt auch nicht, ich war schon als Knirps ein fanatischer Fußballer.

Meiner Liebe zum Fußball habe ich sogar meinen ersten Herzinfarkt zu verdanken. Ich meine, den ersten Herzinfarkt, den ich miterlebt habe. Um genau zu sein: Mein Großvater war's, der einen Herzinfarkt bekam. Das war so:

Aus irgendeinem Grund bekam ich Hausarrest. Schlecht, ganz schlecht, denn ich hatte ja wieder einigen Achtklässlern versprochen, dass sie mit mir Fußball spielen dürften. Und jetzt das. Aber keine Sorge, ich hatte schon als Kind eine rege Fantasie und einen großen Freiheitsdrang. „Ich geh ins Schlafzimmer, da kann ich besser lernen, muss bis morgen ein Gedicht können, da hab' ich mehr Ruhe." Im Schlafzimmer wartete ich eine kleine Weile, dann öffnete ich langsam das Fenster, das zum Garten hinausging … und schon war ich auf dem Bolzplatz. Da kam Freude auf.

Die Freude schlug allerdings schnell in einen Tumult um, als mein Großvater angelaufen kam mit seinem „Muckenpatscher" in der Hand, also einer Fliegenklatsche, die er sich selber angefertigt hatte. Fuchteldrohend trieb er mich damit nach Hause, wo wir noch ein paar Runden um den großen Wohnzimmertisch drehten, dann Haue, dann ab ins Schlafzimmer, dann wirklich Ruhe. Aber nur für kurze Zeit. Plötzlich rief meine Oma: „Frau Huber, Frau Huber!" Das war unsere Hauswirtin. „Schnell, schnell, mein Amand braucht einen Arzt!" Das war mein Großvater, also der Amand. Als der Arzt kam, hörte ich nur einige Wortfetzen: „Herzinfarkt, … verschreib ich was … jetzt Ruhe, keine Aufregung …" Es dauerte noch eine Weile, bis ich wieder ins Wohnzimmer durfte. Auf dem Tisch stand mein Abendbrot. „Sei still, dem Opa geht's nicht gut."

Sie haben die Botschaft verstanden, nicht wahr? Mein brauner Lederball, der an einer Stelle einen Schmiss hatte, so als wenn er von einem Schustermesser verletzt worden wäre, war mein Ein und Alles. Ich nahm ihn mit ins Bett, roch an dem eingefetteten Leder, umarmte und küsste ihn. Jeden Mittag, wenn ich von der Schule heimkam, spielte ich schnell noch hinten im Hof ein bisschen Fußball, mit mir ganz alleine, bis die Oma zum Essen rief. Dann lief ich schnell rein und ließ meinen Ball draußen im Hof hinterm Haus liegen.

„Das sollst du nicht machen!", mahnte mein Opa und meine Oma schimpfte auch: „Du weißt doch, wie die anderen Kinder sind. Die werden dir deinen Ball stehlen. Geh sofort raus und hol den Ball rein!" „Ach was, die können ihn doch gar nicht klauen, der hat doch diesen Schmiss, den erkennt doch jeder, weiß doch jeder, dass das meiner ist."

Und dann kam es so, wie es kommen musste:
Schule aus, ich schnell heim, Fußball spielen.
Oma: „Essen!"
Ich rein, futtern, wieder raus: Ball weg!
„Opa, der Ball ist weg."

Ich schaute meinen Großvater endlostraurig an und wartete auf den Griff zum Muckenpatscher. War aber nicht, war tiefe Betroffenheit. Mein Freund, der Ball, war tot.

Lebbe geht weiter, sagte einst ein kleiner Philosoph. Ich habe halt weniger Fußball gespielt, mit den Großen überhaupt nicht mehr. Ich mag jetzt auch nicht meine tiefe Trauer und meine Scham vor meinen Großeltern beschreiben. Aber eins ist doch klar, ich wanderte durch ein Tal tiefen Schattens. Undurchdringbare Finsternis schien mich zu umgeben. Doch, wo Finsternis ist, da ist auch Licht.

Das Licht am Horizont war mein Geburtstag im Juni. Ich war immer ein braves Bübchen gewesen, artig, fleißig, gute Noten. Vielleicht würde ich ja an meinem Geburtstag einen neuen Ball bekommen, einen neuen Lederball, obwohl Opa und Oma immer sagten: „Wer nicht hören will, muss fühlen. Hättest du auf uns gehört und den Ball nach dem Spielen immer schön mit reingebracht, dann hättest du ihn jetzt noch. Einen neuen Ball kriegst du nicht mehr." Konsequente, deutsche Erziehung.

Aber sie haben dabei immer irgendwie gelacht. Man kennt das ja bei den Erziehungsberechtigten und man macht sich die Hoffnung, dass alles nicht so schlimm ist, dass sie einem nur Angst machen wollen, weil dann die Spannung größer wird und weil die Freude, wenn man dann das schon längst aufgegebene Geschenk doch noch kriegt, viel, viel größer ist, und alles wird gut, und alle fallen sich in die Arme, und wir lieben uns, und jeder weint vor Glück und heile Welt.

Ein Krampf.

Und so fieberte ich auf meinen Geburtstag hin. Der 13. Juni war's, wie jedes Jahr vorher und nachher auch.

Es war ein sonniger Morgen, dieser 13. Juni 1960. Esther Ofarim feierte mit mir, auch Jeanne Claude und ihr Ehemann Christo, William Butler Yeats und Paavo Nurmi (muss man halt mal googeln, wenn man die nicht kennt); andere betrauerten an diesem Tag den Tod von König Ludwig II. Ich bin aufgewacht und nix.

Alles Gute zum Geburtstag, Bussi, drücken und sonst nix. Grinsen. „Und meine Geschenke? Ich habe doch heut Geburtstag." „Bekommst du nach der Schule." Ja, richtig, es war ja der erste Geburtstag, der in die Schulzeit fiel.

Von dem Tag in der Schule weiß ich nur noch, dass wir „Im Märzen der Bauer" gesungen haben, quasi mein Geburtstagsständchen, im Juni. Dann schnell nach Hause. Tür auf. Tisch schon gedeckt. Mitten auf dem Tisch ein runder Gegenstand in Zeitungspapier verpackt.

„Mein Geschenk?"
„Dein Geschenk."

„Darf ich′s gleich aufmachen?"

„Nach dem Essen."

So schnell war ich mit dem Essen noch nie fertig gewesen. Und das lag durchaus daran, dass das Essen von einem Geruch nach gefettetem Leder übertönt wurde.

„Darf ich jetzt aufmachen?"

Aus Rücksicht auf die Leser und Leserinnen, die nahe ans Wasser gebaut haben, fasse ich mich kurz:

Eingepackt in Zeitungspapier fand ich einen Lederball, der genauso aussah wie mein alter Freund. Braun. Mit einem Schmiss. So als wäre er von einem Schustermesser verletzt worden. An genau derselben Stelle.

Meine Großeltern hatten mich also bestohlen und mir dann das Diebesgut zum Geburtstag geschenkt. Sonst habe ich nichts anderes mehr bekommen. Große Sauerei. Wollten sie mir mit dieser Nummer vielleicht mitteilen: „Pass auf, mein Junge, wir Erziehungsberechtigten sind zu allem fähig! Also reiß dich zusammen!" Oder mussten sie damals einfach nur Geld sparen? Ich habe es nie verstanden.

5 Outing

Der schönste Tag in der Woche war der Mittwoch. Aus zwei Gründen: Erstens gab es jeden Mittwoch warmen Leberkäse zum Abendbrot. Den holte die Oma in einem alten Topf zusammen mit zwei Flaschen Bier, Schnappverschluss, vom Metzger Eder. Von dem Bier durfte ich dann später den Schaum abtrinken. Und zweitens war mittwochs Badetag. „Wir waschen uns einmal im Monat, ob wir es brauchen oder nicht", sagte der Opa scherzhaft. Aber in Wirklichkeit wuschen wir uns natürlich öfters, einmal in der Woche, jeden Mittwoch, ob wir es brauchten oder nicht.

Und alle freuten wir uns auf den Mittwochabend, wenn auch jeder aus unterschiedlichen Gründen. Gründe, die ich damals noch nicht so recht verstand. Ich freute mich jedenfalls auf den warmen Leberkäse. Der Opa, dachte ich, würde sich auf sein Bier freuen, weil er den ganzen Tag über die Oma so burschikos anlächelte. Und die Oma, die den Opa sehr mild und verständnisvoll zurückbelächelte, freute sich vielleicht auf die Musik, denn jeden Mittwochabend kam im Radio „Sie wünschen, wir spielen" mit Fred Rauch. Wie auch immer, alle waren frohgestimmt und heiter. Der Abend verlief dann so:

Nach dem Abendessen machte die Oma Wasser heiß. Dann holte sie aus der Küche das „Lavohr" (franz: lavoir, die Schüssel). Dann musste ich mich ausziehen und es wurde gründlich an mir herumgeschrubbt, bis der letzte Dreck weggerubbelt war. Dann hieß es: „So, Manni, jetzt gehst du noch ein wenig zum Siegfried rüber zum Spielen, gell. Wenn sich die Oma und der Opa waschen, musst du nicht dabei sein, gell. Zum Wunschkonzert bist du aber wieder pünktlich zurück, gell."

Ich gewann mehr und mehr den Eindruck, dass sich Oma und Opa sehr gerne wuschen. Jedes Mal, wenn ich zurückkam, saßen beide auf dem Sofa, hatten sich die zweite Flasche Bier aufgemacht und schauten sich glücklich und verliebt (ich wusste damals aber noch nicht, was das ist) an. Vielleicht war das ja die Vorfreude auf Fred Rauch. Denn jetzt ging es los:

„SIE WÜNSCHEN, WIR SPIELEN IHRE LIEBLINGSMELODIEN"
mit Fred Rauch.
Erinnern Sie sich?
Was für eine Stimme!
KULT, KULT, KULT

Die Atmosphäre, die Fred Rauch mit seiner Sendung in den Wohnzimmern des Nachkriegsdeutschlands schuf, war Balsam für die Seele des gebeutelten deutschen Volkes.

Unzählige deutsche Familien schalteten regelmäßig ein, seitdem er erstmals im Dezember 1947 als „Ansager" des Wunschkonzerts auf Sendung ging, fast 1500mal bis 1978. Und auch die Hilda-Oma, der Amand-Opa und der kleine Manni-Bankert hörten traumverloren zu, Geborgenheit, alles wird gut, doh binni dahamm.

Er begann seinen Abend mit Volksmusik, dann folgte Humor, meist mit Karl Valentin und Liesl Karlstadt. Danach wurden die Hörerwünsche erfüllt. Roy Black hat zum Beispiel seine große Karriere zu einem gewissen Teil auch Fred Rauch zu verdanken, denn sein Titel „Du bist nicht allein" wurde in den diversen Rundfunksendungen, die Rauch moderierte, rauf und runter gespielt.

Und was gab es da nicht für tolle Schlager! Ich erinnere mich heute noch gern an „Pigalle, die große Mausfalle, mitten in Paris!" mit Gus Backus. Freddy Quinn sang „Junge, komm bald wieder", Trude Herr wollte keine Schokolade, sondern lieber einen Mann (wie meine Mama übrigens auch), und Gerhard Wendland schwärmte von den Beinen der Dolores, mit denen er bis in den Morgen hineintanzen wollte und, und, und!

Fred Rauch spielte auch gerne englische Titel. „Down Town" von Petula Clark klingt mir gerade angenehm in den Ohren. Damit belegte sie wochenlang die Nummer eins in der Hörerhitparade, oder: „The Lion Sleeps Tonight" oder „Speedy Gonzales" oder „Lollypop" oder „Only You" oder Doris Day oder Connie Francis oder Elvis Presley oder, oder, oder!

Der großartige Fred Rauch war aber nicht nur „Radioansager", sondern auch Kabarettist und er sang selbst, unter anderem „Oh Mister Sowbada" und „Die Schützenliesl", und er schrieb unzählige erfolgreiche Lieder. Eine kleine Auswahl gefällig? Für die Hymne von 1860 München „Bin i Radi, bin i König" ist er verantwortlich (verjährt, ich bin ein Roter). Er schrieb aber auch die lustige Brotzeitpolka („Machmer Brotzeit! Brotzeit ist die schönste Zeit!") und das romantische „Weites Land", von Jimmy Makulis gesungen. Tantiemen für „Zwei Spuren im Schnee" gingen auf sein Konto und auch „Glaube mir" und „Es wird alles wieder gut" stammen aus seiner Feder; kann man sich heute noch daran erinnern, anhören und heulen, wenn man schon zu viel intus hat.

Der Österreicher Fred Rauch starb 1997 in Gmund am Tegernsee. Er wurde fast 88 Jahre alt. Mit ihm starb das Wunschkonzert und in vielen Familien der gemütliche Mittwochabend.

***

40

Auch bei uns zu Hause ging es nach dem Wunschkonzert in die Heia. Ich schlief damals noch im Schlafzimmer meiner Großeltern, in ihrem Ehebett, Besucherritze. Kleine Anekdote nebenbei: Oft bin ich nachts aufgewacht, weil mein Opa raus musste. „Äh gusch", sagte er dann meistens entschuldigend, „ich muss raus zum Tschullen." Ich habe nicht sofort verstanden, worum es ging. Irgendwann bin ich dann auch einmal mit aufgestanden, habe auch „äh gusch" gesagt und hab den Opa begleitet, weil's mich halt lang schon interessiert hat, was er da so mitten in der Nacht Dringendes zu erledigen hatte.

„Musst du auch zum Tschullen, Manni?" Dann habe ich es gleich verstanden, es ist nämlich so: Während der Franke brunnzt und andere Männer schiffen, soachen, strullen, pieseln und was weiß ich noch alles, ging mein Opa zum Tschullen (alte schlesische Gewohnheit, aber im Grunde ganz genau dasselbe).

Wir hatten im Wohnzimmer zwei Eimer stehen. Einen Plastikeimer für das Trinkwasser und einen Blecheimer für die andere Sache. Wasserklosett war da noch nicht, Plumpsklo hinten im Garten war anfangs, so war das junger, von der Moderne verwöhnter Leser! Also blieb für die Nacht nur der Eimer. Und dann zogen wir blank, weil, ich musste ja so tun, als ob ich auch musste.

Allmächt na! Allmächt na! Allmächt na!

Da stand Kleinmanni mit seinem kleinen Zipfelchen (damals halt, Depp, ich war doch noch ein Kleinkind) auf der einen Seite des Eimers und mein Opa stand auf der anderen Seite des Eimers: rot-wülstig, fleisches-hässlich, aber mengenmäßig: Leck´ mich fett! Mein Opa sah mir meinen Schock an und musste lachen und machte eine ungeschickte Bewegung dabei.

„Äh gusch, jetzt hab ich mich vertschullt", weil er seine Tschulle daneben spritzte und etwas in den Plastikeimer ging. „Das wird schon. Das wächst mit", klärte er mich auf. Und so war es ja dann auch. „Aber lass mich nicht vergessen, der Oma zu sagen, sie soll neues Wasser holen, bevor sie den Kaffee macht."

***

Das waren schöne Kindheitstage bei meinen Großeltern, im fränkischen Hinterland. Zur Ehrenrettung der Franken muss ich sagen, dass ich als uneheliches Kind, Amibankert, nie gehänselt, verspottet oder gar von anderen Kindern ausgehasst (fränkischer Spezialausdruck) worden bin.

Meine Mutter und meine Großeltern belehrten mich, die Frage „Wer issn dei Vadder?" einfach mit „I hob kann Vadder." zu beantworten. Diese Botschaft verstand ich ganz gut. Ein Kind braucht einfache Antworten.

Natürlich insistierte ich mit der Zeit immer mehr bei meiner Mutter und oft bei Opa und Oma und wollte wissen, wer denn nun wirklich mein Vater sei. Man sagte mir in aller Einfachheit: „Dein Großvater und deine Großmutter, die sind dein Vater." Diese Botschaft war für mich eher unverständlich und suspekt, wusste ich doch, dass meine Schulfreunde auch Omas und Opas hatten, aber eben auch einen Vadder. Wenn eine Angelegenheit für einen Kinderkopf aber zu schwierig ist, kommt das Kind zu dem Schluss: Sache zu kompliziert und somit wurscht. Und diese Wurstigkeit hielt bis zu meinem zehnten Lebensjahr an. Man stelle sich das einmal vor, auch mit zehn Lebensjahren beantwortete ich die Frage nach meinem Vater mit: „I hob kann Vadder." Dass ich mich dann doch näher und endgültig mit meiner Familie väterlicherseits beschäftigen musste, kam so:

Nach der vierten Klasse Volksschule wechselte ich auf das naturwissenschaftliche Platengymnasium nach Ansbach. Es hieß Abschied nehmen von Oma und Opa, ein wirklich schwerer Abschied, denn außer der Sache mit dem Lederball war nie etwas Gravierendes zwischen meinen Großeltern und mir vorgefallen.

Ich ging also aufs Gymnasium, Klasse 5c. Der Klassenlehrer war der Herr Baumgärtel, Englisch, ein Netter. Natürlich musste sich jeder Schüler vorstellen. Wer bist du, wo kommst du her, was machst du gerne (ich: „Fußball!"), was willst du einmal werden, was macht dein Vater? (Nach der Mutter wurde nie gefragt, man ging wohl davon aus, dass Mutter zu Hause wäscht und kocht und für die Familie sonntags in die Kirche geht.)

Also dann, auf geht´s:

„Manfred, was macht dein Vater?"
„Hob kann Vadder."
„Du wirst doch wohl einen Vater haben. Jeder Mensch hat doch einen Vater."
„Naa, ich nett."
„Was meinst du denn, woher die Kinder kommen?"
Interessante Frage. Den zarten Hauch einer Ahnung hatte ich bereits, antwortete jedoch mit rotem Kopf. Das war als Antwort zu wenig.

„Also, was ist denn mit deinem Vater?"

Hörte sich so an wie: Ist er vielleicht im Gefängnis, ein Verbrecher, vielleicht ein Genossenschaftsbankräuber? Das konnte ich nicht zulassen, überlegte schnell und antwortete blitzgescheit:

„Mei Vadder is scho gschtorm."

„Ach, das tut mir aber leid. Wann ist er denn gestorben?"
„Im Griech."

Nur einer meiner Mitschüler hat gelacht. Der Kramer. Wie sich später zeigte, gut im Kopfrechnen, aber sonst überschaubare Leistungen, Sport zum Beispiel gar nicht.

Man schrieb das Jahr 1963, September. Der Zweite Weltkrieg endete am 2. September 1945. Wäre mein Vater in den letzten Wehen des Krieges gefallen, unmittelbar nachdem ich gezeugt wurde und meine Mutter mich in Wehen hervorgebracht hatte, wäre ich als 1953-Geborener im Jahr 1963 satte 18 Jahre alt gewesen. Das sollte mir mal einer nachmachen! Aber keiner hat's gemerkt. Bis auf den Kramer natürlich, der hat aber nichts gesagt. Und bis auf den Baumgärtel, klar. Aber der hat nur süffisant gelächelt und gemeint: „Da frägst jetzt vielleicht besser doch nochmal bei deiner Mutter nach, gell?"

Das habe ich dann natürlich auch getan und alles erfahren. Vadder amerikanischer Soldat, musste wieder zurück nach Amerika. Ist immer in den Grauen Wolf gekommen, Ecke gesessen, Bier getrunken (bis die Bedienung, die Gretl, my Mom, nach Hause gehen konnte). Ein Foto von meinem Vadder hat mir meine Mutter dann auch noch gezeigt. Ein zweiundzwanzigjähriger Mann in Uniform, Helm auf dem Kopf, Kopf auf Schlackohren (wieder so ein kopperneckischer Spezialausdruck made in Frankonia), Soldat halt. Gesicht so groß wie der Fingernagel meines kleinen Fingers (auf dem Foto natürlich). Das war´s dann aber auch an Information.

Erst viel später, bevor ich ihn in Amerika gesucht habe, hat sie mir noch mitgeteilt, dass er einen knackigen Arsch gehabt hat. Das war wenig hilfreich (aber jetzt weiß man wenigstens, woher es kommt).

***

An diesem bewussten Tag, an dem mich unser Klassenlehrer so rücksichtsvoll behandelt hat, bin ich dann mit dem Zug von Ansbach nach Weidenbach zu meinen Großeltern gefahren. Wie gesagt, gut zehn Jahre war ich alt. Noch lange kein Mann, kaum noch ein Kind, fast schon ein Jugendlicher, irgendwo dazwischen, hilflos verloren halt. Mit mir im Abteil saß eine junge, wunderhübsche Frau.

Ich schaute sie an, das heißt, ich wollte sie anschauen, aber immer, wenn ich meinen Blick auf sie richtete, erwiderte sie diesen und ich schaute weg. Was denn sonst? Das ging mehrfach so. Mir wurde heiß. Ich wurde verlegen, natürlich, was denn sonst? Wann immer sich unsere Blicke trafen, lächelte sie. Warum? Erster Gedanke: Sie mag mich. Zweiter Gedanke: Ich zehn, sie fünfundzwanzig. Dritter Gedanke: Geht nicht! Vierter Gedanke: Vielleicht doch, ich kenn´ mich ja noch nicht aus mit diesen Dingen. Fünfter Gedanke: Warum lacht sie mich an? Sechster, siebter und achter Gedanke: Scheiße, ich schwitze. Scheiße, ich werde rot. Scheiße, wann sind wir endlich da?

Die Zugfahrt von Ansbach nach Weidenbach dauert 20 Minuten, mehr nicht. Und wenn ich am Anfang das Spiel unserer Blicke genossen hatte, so wollte ich jetzt nur noch raus. Was hätte ich denn tun sollen als Zehnjähriger. Heute, ja heute ..., aber als Zehnjähriger doch nicht. Ich wollte nur noch raus. Wech, wech, wech! Endlich verlangsamte der Zug das Tempo. Heimat. Die Bremsen quietschten. Jetzt aber raus, schnell raus.

Aufspringen, zur Tür, Tür auf. Tür auf. Tür auf! Tür geht nicht auf! Eingesperrt! Gibt's doch nicht!

Die Tür des Zugabteils war doch offen als wir reinkamen, die hat der Schaffner doch nicht während der Fahrt zu gesperrt, das hätten wir doch gemerkt. Warum geht die Tür nicht auf? Ich drückte und zog, rüttelte und schüttelte, aber diese scheißdrecksblödehundsverreckte Tür ging nicht auf. Da sagt das wunderhübsche Geschöpf zu mir: „Du musst schieben. Das ist eine Schiebetür."

So woss is fei (das ist der fränkischste, aller fränkischen Spezialausdrücke) echt scheiße (ein Spezialausdruck den jeder kennt.) So woss zeichned dich fei für dei ganses Lebn.

***

Sie werden es mir glauben, wenn ich Ihnen berichte, dass ich bis heute einen Türenkomplex habe. Ich öffne nie als Erster eine Tür. Ich warte stets so lange, bis sich jemand erhebt und zum Aussteigen zur Tür geht. Ich folge unauffällig und stelle mich hinten an. Wenn ich an einem Bahnsteig auf einen Zug warte, steige ich niemals als Erster ein. Wenn ich der Einzige bin, der einsteigen will, gehe ich dorthin, wo jemand aussteigt, und benutze dann diese Tür. Und wenn ich der Einzige bin, der einsteigen will, und es steigt überhaupt niemand aus, dann warte ich eben auf den nächsten Zug.

***

Einmal habe ich in Weidenbach am Bahnhof auf den Zug warten müssen, stundenlang.

Ich war damals schon auf dem Gymnasium in Ansbach und hab bei meiner Mutter gewohnt. Fußballgespielt habe ich aber noch in der Schülermannschaft in Weidenbach. Wir hatten verloren, glaub ich, höchst wahrscheinlich, weil gewonnen haben wir nicht oft. Mein Trainer wollte mich mit seinem VW-Käfer nach Ansbach fahren, aber demütig wie ich war, habe ich gesagt: „Nein danke, es reicht schon, wenn sie mich zum Bahnhof fahren. Ich fahr dann mit dem Zug."

Das mit der Demut ist auch so eine Sache, manchmal ganz schwer von Dummheit zu unterscheiden.
Der Bahnhof ist etwa drei Kilometer von Weidenbach entfernt. Nun war aber der Zug ein paar Minuten vor unserer Ankunft abgefahren.

„Der nechste Zuch nach Ansbach fährt obber erscht widder um dreiviertel Acht", sagte der Eisenbahner. Jetzt war es Viertelfünf. Manche Leser werden nun ein

Zeitproblem haben, gell? Abituraufgabe für Bundesländer außerhalb des Freistaats Bayern: Wenn es Viertelfünf ist, wie lange muss ein Reisender warten, wenn der nächste Zug erst wieder um dreiviertel Acht fährt? Lösung: 210 Minuten.

Zweihundertzehn Minuten! Was soll ein 14-Jähriger Junge dreieinhalb Stunden am Bahnhof anstellen? Ganz in der Nähe des abgelegenen Bahnhofs gab es das „Hotel zur Eisenbahn". Warum es genau in der Mitte zwischen Weidenbach und Merkendorf ein Hotel gab, ist mir bis heute ein Rätsel geblieben, mittelfränkisches Hinterland, war aber so. Jetzt historischer Moment: Ich ging zum ersten Mal in meinem Leben ganz alleine in ein Gasthaus. Ich setzte mich hin, bestellte eine Cola und war ganz aufgeregt, denn ich fühlte mich erwachsen. In Franken ist jedes Kleinkind zuerst einmal ein Lauser. Als Schulkind wird es zum Fregger (wörtliche Übersetzung: Verreckter, buchstäbliche Bedeutung aber: Kleiner Drecksack). Später kann aus einem noch ein Schlack werden, ein Schlingel, ein Schlawiner, das wäre dann so etwas Ähnliches wie ein Hundianer. Aber das ist altersunabhängig. Jetzt aber war ich ein Erwachsener, denn Kinder und Jugendliche gehen nicht alleine ins Gasthaus.

Ich brauchte keine fünf Minuten um die Cola auszutrinken und bezahlte dann 60 Pfennig. Weil das Gefühl des Erwachsenseins so schön war und ich noch 80 Pfennig in meiner Börse hatte, bestellte ich noch einmal eine Flasche gutes Gefühl und weil ich Zeit hatte, genoss ich das Erwachsensein diesmal fast eine Stunde. Beim Bezahlen gab ich 20 Pfennig Trinkgeld (ein Mann muss tun, was ein Mann tun muss). Verblieben immer noch 150 Minuten.

Nun ist es so, dass der Bahnhof in Weidenbach, bis auf den heutigen Tag, mitten im Wald liegt. Ich machte mich auf zu einem Spaziergang in Richtung Merkendorf. Nach Weidenbach konnte ich doch nicht zurück, denn wenn mich da jemand gesehen hätte, hätte man mich womöglich ausgelacht, oder mein Trainer hätte mich mit dem Auto doch noch nach Hause gefahren. Soviel zu meinem Erwachsensein.

Plötzlich wurde es dunkel, stockdunkel. Aber nicht, weil es Abend wurde, sondern weil ein Gewitter aufzog, mit Starkregen, Hagel und Sturmböen. Leck mich fett! Ich auf freiem Feld zwischen Merkendorf und Bahnhof, letzterer noch einen Kilometer weit weg. Ich kam im Bahnhofshäuschen klatschnass an und sah aus wie ein verstörter Ratz.

„Bist nass gworn?" fragte der Bahnhofsvorsteher (fränkischer Humor). „Doh, setz di hie, dasst fei nett derfrierst. In anner Stund kummt dei Zuch. A Kattn brauchst a no, odder?"
Dreck. Dreck. Dreck. Ich war doch pleite. Ich hatte doch meinen letzten Pfennig im Hotel ausgegeben.

„Ich hob ka Geld mehr. Des hobi driehm im Gasthaus ausgehm. Walli an Durscht khabt hob. I kumm doch vom Fussballn."
„Nochdala!"

„Nochdala" ist ein vom Aussterben bedrohter fränkischer Spezialausdruck. Eigentlich wird er i.S.v. „dann, jetzt" benutzt. Er kann aber auch großes Erstaunen zum Ausdruck bringen, quasi i.S.v. „Leck fett!" oder „Hallo, so geht´s fei net!"

„A Pfennichkattn hobi."
„Hilfder nix. An Fohrsschein brauchst. Obber warum hostn du a Pfennichkattn? Is dei Vadder ah a Eisnbohner?"
„Na, hob kann Vadder. Mei Mudder."
„Dei Mudder? Wie hasstn die?"
„So wie iech halt."
„Du Depp! Vorname! Nachname!"
„Margarete Riediger."

„Die Gretl? Vom Stellwerk in Ansbach?"

„Des is mei Mudder."

„Warum sochstn des net glei? Wenn du der Sohn von der Gretl bist, dann mach mer des jetzt so: A Fohrkattn konni der net gehm, sonst stimmt mei Kasse net. (Damals gab es noch so schöne Fahrkarten aus braunem Karton.) Obber, wenn der Zuch kummt, dann redi mim Schaffner, den kenni gut, der lässdi dann so mitfohrn. Host mi?"

So hat er es dann auch gemacht.

Ich saß dann noch eine Stunde in dem Wartehäuschen, eine geschlagene Stunde. Patschnass war ich, so wie nur einmal vorher in meinem Leben. Und das erzähle ich Ihnen jetzt noch aus meinen Kindertagen, bevor der Ernst des Lebens beginnt.

***

In unserem Dorf gab es viele kleine Weiher. Darin baden durfte ich natürlich nicht, hätte ja was passieren können, dersaufen zum Beispiel. Aber ich habe mich nicht immer darangehalten, einmal jedenfalls nicht. Da bin ich, als Fünfjähriger, den Großen zum Inselweiher nachgelaufen und hab´ denen beim Baden zugeschaut.

„Komm rein, Dicker!", riefen sie mir zu.

„Darf nicht."

„Hat's dir dein Opa verboten?"

„Weil ich nicht schwimmen kann."

„Hier kann man doch fast überall stehen."

„Hab´ keine Badehose dabei."

„Wurscht! Geh halt mit deiner Unterhose rein. Und wenn du wieder rausgehst´, drehst halt die Hose um, dann ist die nasse Seite innen und die trockene außen. Merkt keiner was."

Ich habe das fei geglaubt und gemacht. Bis ich zu Hause war, war natürlich auch meine Überhose klatschnass. Leugnen zwecklos, Muckenpatscher.

Im Zenit

6 0,6 m³ Freiheit

„Erscht hobi dacht, ich hob Glück ghabt. Obber dann hots mi gheirat." Ein Ausspruch von dem unvergessenen Herbert Hiesl, Kabarett aus Franken, seinerzeit, seiner Lebzeit.

Als ich das Fräuleinwunder Waltraud S. aus M. zum ersten Mal gesehen habe, habe ich mir nichts gedacht. Auf den zweiten Blick war mir dann aber schon klar: arrogantes, verwöhntes, rotblondes Einzelkind. Sie erwies sich als deutlich gescheiter. Sie wusste mich bereits auf den ersten Blick richtig einzuschätzen: arrogantes, verwöhntes, rotbackiges Einzelkind.

Wir hatten also einiges gemeinsam. Dazu kam noch ein ähnlicher Migrationshintergrund. Meine Großeltern waren Sudetendeutsche, ihre Eltern kamen aus Siebenbürgen. Super Familienaufstellung. Wehr dich dagegen mal. Keine Chance. Und so ging's dahin, mit mir und meiner Freiheit.

Für viele Menschen bedeutet Freiheit, tun und lassen zu können, was sie wollen. Wenn ihnen niemand Vorschriften macht, wenn sie ihren Drängen und Zwängen und ihren Hormonen freien Lauf lassen können, dann fühlen sie sich frei. Sogleich setzen sie sich in ein Auto, rasen auf einer kurvenreichen Straße bis zum Gebotsschild „Vierzig!", klatschen dann mit 120 km/h gegen einen Baum und geben danach dem Schild die Schuld.

Das ist die Freiheit, die ich nicht meine. Die wahre Freiheit, die unversklavte Freiheit, die Freiheit, die ich meine, ist anders. Das Leben hat mich früh gelehrt, eigentlich waren es Opa und Oma, dass der unvollkommene Mensch nur dann frei werden kann, wenn er sich vollkommenen Gesetzen unterwirft. Fahre vierzig und du bleibst gesund.

Eine völlig neue Bedeutung von Freiheit erfuhr ich mit dem Einzug bei Waltraud R., geborene S. Da wir uns als junges Ehepaar in einer großen Stadt keine große Wohnung leisten konnten, blieb uns nichts anderes übrig, als in ihrem 1-Zimmer-Apartement in München,

Stadtteil Gern, (kennt keiner außer Philip Lahm), unsere Beziehung zu vertiefen.

Natürlich musste sie mir als ihrem neuen Untermieter erst alles zeigen und erklären. Zunächst teilte sie mir den achten Teil ihres Kleiderschranks zu, in dem gerade Platz für meine Jeans (eine für Sonntag, eine für wochentags), Hemden, Pullover, Unterwäsche und Socken war. Großzügigerweise erhielt ich auch noch ein Viertel Glasvitrine für meine Bücher und einen kleinen Unterschrank. Dann folgte eine kurze Einführung zum Thema „Wie verhält sich ein junger, unerfahrener Mann, der von seinen Großeltern verzogen und von seiner Mutter stets verwöhnt wurde, erschwerend aus dem fränkischen Hinterland stammt und noch nie mit einer Frau aus der Großstadt zusammengelebt hat, am geschicktesten, um Konflikte in einer jungen Beziehung zu vermeiden?"

Im Sitzen brunzen!
So hat sie es nicht gesagt, so hätte sie es aber sagen sollen, dann hätte ich es auch auf Anhieb verstanden.

Klobürste benutzen!
Auch gewöhnungsbedürftig, weil wir bei Opa und Oma anfangs, in den Fünfzigerjahren zumindest, noch ein Plumpsklo hinterm Haus hatten und da ist nix mit

Klobürste gewesen. Wozu auch, du kannst ja nicht die Luft von Scheiße reinigen.

Beim Zähneputzen nicht in den Spiegel schauen! Gebückt putzen, sonst gibt es Flecken auf dem Glas! (Na und! Wenn es zu viele sind, wirst du sie schon wegwischen, siehe oben, unter „brunzen".) Klodeckel immer zuklappen. Toilettenpapier nicht wandseitig hängen lassen, sondern immer zimmerseitig. Beim Duschen vor dem Einseifen Wasser abdrehen, erst zum Abspülen der Seife Wasser wieder aufdrehen. Deo benutzen. Jeden Tag Unterhose wechseln. Schuhe vor der Wohnungstür ausziehen. Handtücher rechtwinklig zusammenlegen, Waschlappen linkswinklig. Wie bitte, geht's noch?

Mann lässt sich ja schon einiges gefallen. Aber in ihrem Wahnsinn, mich mit Regeln für ein konfliktloses Miteinander zwischen den Geschlechtern zu überhäufen, ging sie entschieden zu weit. Von so viel autoritärer Erziehung gezeichnet, beschlich mich rasch das Gefühl einer Enge. Ich sah meine persönliche Freiheit gegen Null schrumpfen. Als Befürworter der guten, alten Ehe zum Erhalt des Menschengeschlechts legte ich die Scheidung als einzigen Ausweg aus meiner Misere allerdings beiseite.

Zuerst im Unterbewusstsein, dann immer deutlicher dachte ich an mein Unterschränkchen. Schließlich räumte ich es leer und stopfte die wenigen Habseligkeiten, die darin verstaut waren, in die Glasvitrine. Dann setze ich mich auf den Boden, öffnete die beiden Türen des Unterschranks, starrte in die einladende Leere und begann zu weinen. So sah meine Freiheit aus, mein Leben, alles, was mir geblieben war, alles, worüber ich noch alleine entscheiden konnte. Mit diesem kleinen Unterschränkchen, 50 cm hoch, 42 cm breit, 30 cm tief, konnte ich machen, was ich wollte, ohne dass mir meine junge Frau dreinreden konnte, unversklavte Freiheit. Huhu, huhuuu!

Ich hätte mir zum Beispiel bei einer Schallplattenstärke (damals natürlich Schallplatten, kennt die noch jemand?) von 4 mm (mit Hülle), genau 105 Langspielplatten kaufen und sie in meinen Unterschrank stellen können. Oder ich hätte mir ein Kätzchen kaufen und ihr Nestchen in das Schränkchen bauen können. Natürlich hätte ich auch meine Sachen aus der Vitrine nehmen und zurückstellen können. Pha! Nichts dergleichen habe ich getan. Jeder Kubikmillimeter dieses Kästchens stand für meine Menschenwürde, für mein Lebensglück. Mein feiner, kleiner Unterschrank war für mich zu meinem Allerheiligen geworden, der Sakristei meines Geistes, der Kathedrale meines Herzens, meinem Zufluchtsort. Wann immer ich unter der Frau, die ER mir gegeben hatte, leiden musste, war mir der Gedanke an meinen Unterschrank Trost und Ansporn zum Weiterleben, weiter, weiter, immer weiter. Ich wusste ja, dass ich im Leben etwas besaß, das nur mir gehörte, etwas, mit dem ich nach meinem Gutdünken verfahren konnte. Und wenn ich es einmal gar nicht mehr aushalten würde, so konnte ich mich in die Leere des Raumes verkriechen und von innen absperren.

***

Von dem alten Schränkchen habe ich mich übrigens in all den Jahren nie getrennt. Es steht oben auf dem Speicher, in dem alten Haus in Weidenbach, das jetzt mir gehört. Von der nun schon etwas länger jungen Frau habe ich mich übrigens auch nie getrennt.

7 Bettgeflüster

Mein Beruf verlangte von mir oft in einem Hotel zu übernachten, häufig auch in Frankfurt. Nach getaner Hochleistung gings zum Abendessen, man gönnt sich ja sonst nichts, und da gönne ich mir dann schon mal was: Bierchens, Weinchens, Absackers, naja, Sie wissen schon. Dann aber ab ins Bett, morgen wieder Hochleistung abliefern.

Einmal hat das Telefon in meinem Zimmer geklingelt, laut und schrill, mitten in der Nacht, 2 Uhr Ortszeit oder so. Es hat etwas gedauert, bis ich wach geworden bin. Es hat noch länger gedauert, bis ich den Hörer in meiner Hand hielt, weil ich auf dem Weg zum Telefon, schlaftrunken wie ich war, über Stuhl und Bett gestolpert bin, mir den großen Zeh angeschlagen habe und daher kurz vor einem Wutanfall stand.

„Hä?"
„Hier is die Oddspolizei von Kelsterbach."
„Hä?"
„Aus Ihrem Zimmer dröhnt Lärm."
„Hä?"
„Wir habbe eine Beschwerde mitgeteilt bekomme. Ein Anrufer hat gesecht, dass es uff Ihrem Zimmer hoch

hergehe tut. Rambazamba, hat er gemehnt. Verstehnse mich überhaubts, oder isses zu laut uff Ihrem Zimmer?"

„Hä?"

„Könnte Se des bitte unterloss, den Krach mehn ich. Lärm einstellen. Sonst müsste wir eine Streife vorbeischicken!"

„Mensch, Sie spinnen doch! Ich schlaf seit ein paar Stunden, tief und fest, und Sie klingeln mich da mitten in der Nacht raus. Wenn Sie nichts Besseres zu tun haben, dann kommen Sie doch vorbei! Zefix!"

Und aufgelegt.

Und, wie habe ich das gemacht? Ein unschuldiges Herz fürchtet sich nicht vor der Polizei. Keine Angst. Ist auch nichts passiert, die Bullen haben es nicht gewagt, meinen Schlaf noch einmal zu stören.

Nachspiel: Am nächsten Morgen verlasse ich das Zimmer, fast schon wieder entspannt, und stell mich am Fahrstuhl an, zum Frühstücksraum zieht es mich, frischer Kaffee und Brötchen mit grober Leberwurst sind mein Begehr.

Plötzlich kommt aus dem Zimmer neben mir ein vollbepackter Herr und eilt auf den Fahrstuhl zu, stellt sich neben mich, Wartezustand. Da kommt auch schon der Fahrstuhl, aber proppenvoll, da passt nur noch einer rein: Er oder ich, welches Alphatier setzt sich durch?

„Entschuldigen Sie", sagte der bepackte Herr zu mir, „würden Sie mich vielleicht vorlassen? Ich habe verschlafen. Ich habe die ganze Nacht kein Auge zugedrückt. Da war neben mir im Zimmer ein Mann, der hat so gotteserbärmlich geschnarcht. Ich habe ihn sogar von meinem Zimmer aus angerufen und gesagt, ich wäre die Polizei und dass aus seinem Zimmer Lärm kommen tät, nur dass der mal aufwacht und mit dem Schnarchen für einen Moment aufhört."

Ein Alphamännchentrick war das sicherlich nicht. Wast scho: das Alphamännchen, ein Arschgesicht, das jede Begegnung mit einem Mitmenschen zum Machtkampf deklariert, wobei es für ihn wichtig ist, dass er gerade die erste morgendliche Begegnung für sich entscheiden muss. Nein, das war kein Trick. Das war ein sehr, sehr müder Mann, der die ganze Nacht nicht geschlafen hat und sehr, sehr müde aussah.

***

Wir haben getrennte Schlafzimmer, Weiblein und ich. Das ist sehr erotisch. Jeden Abend können wir uns fragen: „Zu dir oder zu mir?" Und nie wissen wir, in welchem Bett wir am nächsten Morgen aufwachen werden.

Wir sind nun mittlerweile schon viele Jahre verheiratet, fünfundvierzig um der Wahrheit die Ehre zu geben. Da bespringt man sich nicht mehr jede Nacht. Da ich im Schichtdienst arbeite, rund um die Uhr, immer Hochleistung (Beamter eben), haben sich getrennte Schlafzimmer als sehr nützlich erwiesen. Später kam der Wunsch nach Privatsphäre dazu. Lautes Schlafen hat den laut Schlafenden selber noch nie gestört, Albträume träumt man am besten alleine, und dann tut es einem ja auch unendlich gut, wenn man mal entspannt pupsen kann, ohne vorwurfsvolle Blicke oder dumme Kommentare: „Noch so'n Krach - Ehekrach!"

Ich wache manchmal nachts auf. Um mich herum stockdunkle Nacht. Ich weiß nicht, wo ich bin. Mein erster Gedanke: tot im Sarg. Leichte Panik. Ich wage es nicht mich zu bewegen, denn, wenn ich jetzt aufstehe und mir den Kopf anstoßen würde, dann wäre dies der Sargdeckel und dann Vollpanik. Eine schwache innere Stimme versucht mir verschwommen mitzuteilen: „Unwahrscheinlich! Tot ist tot, mehr geht nicht. Außerdem hatten wir die Situation schon öfter, ging immer gut aus, wäre doch gelacht, wenn jetzt nicht auch wieder."

Aber mir ist nicht zum Lachen, ich transpiriere. Also bewege ich eine Hand langsam nach oben, nichts, kein Widerstand, somit nix Sarg. Erleichterung. Ich hebe langsam meinen Oberkörper und sitze aufrecht in einem Bett. Gerettet, fürs Erste. Die Fragen bleiben: Wer bin ich? Wo bin ich? Warum bin ich immer alleine im Bett und wie viel Uhr ist es?

Das letzte Mal, als mir diese Situation widerfahren ist, rief ich nach Hilfe und gleichzeitig auch wieder nicht, weil mir ein Teil meines Unterbewusstseins zugeflüstert hat: „Depp, du kannst doch jetzt mitten in der Nacht nicht nach Hilfe rufen. Wo bist du eigentlich? Wahrscheinlich hast du nur schlecht geschlafen, Blähungen, bist unkontrolliert aufgewacht und kannst dich momentan nicht orientieren. Hatten wir doch schon."

Diese Gedanken dringen dann ganz allmählich an die verschwommene Oberfläche, aber da ist dann eben auch die Panik, und ich fände es voll Scheiße, wenn ich jetzt sterben müsste, meinen Tod aber mit einem Hilferuf hätte vermeiden können. Vorsichtshalber wimmere ich also ein schweißgebadetes „Hilfee, Hiiilfeeee". Gerade so, dass ich mir gegenüber ein gutes Gewissen habe, aber niemanden mitten in der Nacht störe, weil ich natürlich schon irgendwie vermute, dass ich mich wieder mal vor mir selber zum Trottel mache. Also warte ich, bis meine Gedanken langsam klarer werden. Um Zeit zu gewinnen, gibt es dann noch die KopfstoßHandfuchtelDubistvielleichteinTrottel-Nummer.

Neulich hat mir meine Frau beim Frühstück gesagt:
„Heute Nacht hast du wieder um Hilfe gerufen."
„Ja und?"
„Was und?"
„Warum bist du nicht zu mir runtergekommen und hast nachgeschaut, was los ist? Ich hätte einen Infarkt haben können! Ich hätte sterben können! Was hast du denn gemacht um Himmels Willen?"
„Ich habe lachen müssen. Das hat sich so jämmerlich angehört, dein zartflehendes, Hilfeee, Hiiieeehhhlfeee, so nach: Holt mich hier raus, ich bin möglicherwiese scheintot, aber möglicherweise auch nicht. Ich habe mich dann wieder umgedreht und weitergeschlafen."

Gelacht hat die? Ich lieg im Todeskampf und die lacht? Spinnt die Alte? Das ist unterlassene Hilfeleistung, dafür kann man ins Gefängnis kommen, unglaublich!

8 Theresa macht sich schön

Sie ist ein Superweib diese Theresa. Laut, lustig, lustvoll, drall und prall, satte fünfzig, Witwe. „Und der Gatte, den sie hatte, fiel vom Baume …" Frei nach Heinz Erhardt fiel ihr Mann tatsächlich von einem alten Kirschbaum, weil er glaubte, mit Birkenstöckli beschuht, hoch im Geäst, den notwendigen Baumschnitt erledigen zu müssen. Und als er dann am Boden lag, offensichtlich mit schweren inneren Verletzungen und auf den Notarzt wartend, soll die Theresa ihren Mann gefragt haben: „Möchst´ noch a Tass´ Kaffee, bis der Notarzt kommt?" Das erzählen zumindest ihre Nachbarn, die den Unfall beobachtet haben. Aber diese Nachbarn kenne ich, denen muss man nicht alles glauben.

Seit fünf Jahren ist die Theresa nun schon allein, aber gar nicht gerne. Superweib Theresa´s Begehr ist ein neuer Supermann, am besten einer, der sich von Ast zu Ast schwingen kann. „Schau´ mi doch oh," sagt sie, „so a Frau wie ich, die ist doch nicht für das Alleinsein bestimmt." Und recht hat sie. Die Theresa hat ein hübsches Gesicht unter dicken, schwarzgelockten Haaren, gesunde, rote Wangen und alles andere im Überfluss: „An Tuttn, dass schnoizt" und ein prächtiges Hinterteil, starke Arme und kräftige Beine. Zugegeben, mit den Beinen hat sie einige Probleme, Besenreißer hier und da und Venenentzündungen ab und an. Ihr Phlebologe hat ihr Stützstrümpfe verschrieben. Und in diesen Kompressionsstrümpfen zeigt sie sich dann auch ganz ungeniert in der Öffentlichkeit. Wenn sie im Sommer ihren Garten gießt, steht sie mit dem Schlauch in der Hand und in einem einteiligen Badeanzug gewandet, zwischen Blumen- und Kräuterbeeten und lässt sich bewundern, in Stützstrümpfen, vom Fuß bis in den Schritt. „Mei, dess tuat mir so guat. Und macht auch ein schlankes Bein." Muss zugeben, dass, wann immer sie sich so im Freien ins Schaufenster stellt, wesentlich mehr Menschen, vor allem Männer, an ihrem Garten vorbei flanieren, sichtbar hocherfreut. Ihr Anblick ist einfach entzückend, zumindest sehr interessant. Genutzt hat ihr die Zurschaustellung der Mittel, die sie als Frau zum Männerfang hat, aber noch nichts.

Neulich habe ich sie wieder einmal getroffen: Sie im Garten, im geblümten Badeanzug, jenseits des Gartenzauns, ich im sicheren Diesseits.

„Du Manfred, wos hälstn´ du von Tinda?"
„Von was?"
„Tinda."
„Was ist das?"
„Tinda, moan i. Kennst des ned?"

„Tinda? Nein, kenne ich leider nicht."

„Des kennt doch a jeda."

„Wie heißt das nochmal?"

„Tinda, des is a Portal. Do konn ma Leit kenna lerna."

„Aha."

„Männer oder Frauen, wos ma grod mecht. Ich mecht an Moh."

„Ach, Tinder meinst du. Da habe ich auch schon was davon gehört, von Kollegen, weißt schon."

„Und, wos sogn deine sogenannten Kollegen?"

„Äh, ja, klappt."

„Echt jetzt, stimmt des also scho? Mir homm´s verzählt, dass ma si do glei am erschten Abend an Mo schnappen kannt."

„Das habe ich auch so gehört."

„Und, dass mer sich den glei miet hoam nemma kannt, zum schnackseln."

„Genauso."

„Do geh´ i hie. An Tinda muss i hohm."

Eine Woche später. Sie war wieder im Garten, gesundheitsmassig bestrumpft, Badeanzug grün-gelb geblümt. Ich stand auf der sicheren Seite.

„Theresa, was is los? Du schaust so traurig."

„Ach, Manfred …"

„Ach, Theresa …"

„Des mit dem scheiß Tinda hott ned highaut."

„Hast du kein Treffen vereinbaren können?"

„Doch scho. Do hot oaner mei Brustbild gseng und is glei auf mi ogsprunga. War ja klar. Der hot mi dann glei zum Omdessen einglodn."

„Na also. Und, hat er dir nicht gefallen?"

„Narrisch gut hot mir der gfoin."

„Und du ihm auch?"

„Ja, logisch hob i eahm a gfoin. Wos moanstn du? I hob ma mei langs Abendkleid ozogn, woast scho, des mit dem tiefen Ausschnitt. Und an push up hob i a oglegt."

„Aber du brauchst doch keinen push up!"

„Sicher ist sicher, hob i mir denkt. Man muss glei am Ofang zoang, wos ma hot. Des is wia beim Schofkopfa, dei Partner muas glei wissn, welche Trümpf du host."

„Na also!"

„Nix, na oiso."

„Ist etwas schiefgelaufen?"

„Am Anfang net. Er hot mir zeascht wos von sich verzählt, ois in Ordnung. Dann hob i eahm wos von mir erzählt, abbezahltes Haus, unschuldig verwitwet, verstähst scho."

„Logisch. Und dann?"

„Und dann samma zu mir ganga."

Tränen begannen über ihre Wangen zu kullern.

„I hob eahm alle Zimmer zoagt. Zuletzt natürlich das Schlafzimmer."

„Erzähle weiter."

„Er hot gsogt, dass i a soa schene Frau bin."

„Da hat er recht gehabt."

„Und dann samma uns ganz nah kemma."

„Und dann?"

„Dann ham ma uns küsst. Mein Gott! Wenn du wüsstest, wie lange ich schon keinen Mann mehr geküsst habe! Des wor so guat. Ich hob eahm glei mein Bleschl ganz tiaf einigschdeckt."

„Und dann?"

„Frog net so bleed! Und dann?"

In diesem Moment langte sie mit ihren Händen an die Revers meines Sakkos.

„Dann habe ich mein Abendkleid langsam von meinen Schultern gleiten lassen. Und so stand ich dann vor ihm. Nur noch Push up und Tanga …"

„Leck mich fett!"

„Nix leck mich fett. Wia der mi so gseng hot, hot der ogfanga zum lacha, aba a so scho. Der hot sie auf's Bett ghockt und nur no glacht."

„Ja um Himmels Willen, warum das denn?

„Weil ich ganz vergessn ghabt hob meine Streckstrümpf' auszuziagn, weil's doch so schene Fiaß machan. Do hot a si nimma einikriagt vor lauta Lacha, der bläde Hund. Und dann is er aufgschdandn und is hoam ganga, der dumme Depp."

„Theresa? Was machst Du denn jetzt da?"

„I brauch etz an Mo!"

„Aber du kannst mich doch nicht über den Zaun ziehen!"

„Des is mir etz wurscht. I brauch etz an Mo, und des bist etz Du! Geh her do zu mir."

„Aber du zerreißt mir doch den ganzen Anzug."

„Sowieso!"

Sie zog mich tatsächlich über den Gartenzaun und schleppte mich in ihre Laube.

Und dann?

Dann genoss der Gentleman.

Und jetzt schweigt er.

9 Mein Panamahut

Habe mir einen Panamahut gekauft, einen echten. Krempe 7cm, Krone 10cm, braunes Lederband außen, 2cm, braunes Schweißband innen, 4cm. Original Stroh aus Ecuador, gefertigt daselbst. Jetzt meiner. Freu, freu!

Wissen Sie, was so ein Teil kostet? Unter Freunden: zwischen 100 und 2000 Euronen. Leck fett! Raten Sie mal, welchen ich erworben habe? Auf jeden Fall, steht auf der Innenlasche im Hut, dass es sich bei diesem Produkt um einen originalen Panamahut handelt, handgewebt, made in Ecuador, das reicht für meine Zwecke vollkommen, ein Geldverschwender bin ich nie gewesen, aber dieses Papperl bleibt drin, für alle Zeit.

Wollte schon immer so einen Hut haben. Warum? Weil er einfach geil aussieht, zuverlässig der roten Rübe Schatten spendet und die schon fast haarlose Kopfhaut vor der harten Korpuskularstrahlung der Sonne schützt. Und weil er sich so wohltuend in seiner Eleganz von den verschwitzten Schirmmützen der Herren in meinem Freundeskreis unterscheidet. Keine Allerweltskäppis, Mann von Welt!

Kann sein, dass meine Faszination für Panamahüte auch auf einen alten Schwarzweißfilm mit dem amerikanischen Schauspieler Humphrey Bogart zurück geht. Dieser eindrucksvolle Mann, in einer Bar irgendwo in Südamerika, gewandet in einen hellen Leinenanzug, ein Glas Gin Tonic in der Hand und einen Panamahut auf dem Kopf: Unforgettable. Dieses Bild hat mich mein Leben lang verfolgt, ok, Spinnerei, aber lassen Sie mich halt auch ein bisschen rumspinnen. Heute bin ich in Pension, da wird man wohl seine kleinen Träume noch rasch verwirklichen dürfen, viel Zeit bleibt einem ja ohnehin nicht mehr.

„Wissen Sie, warum ein Panamahut eigentlich Panamahut heißt, obwohl er doch aus Ecuador stammt?"

Das habe ich die Verkäuferin gefragt. Und als ich merkte, dass ich sie mit dieser Frage in Verlegenheit gebracht hatte und sie gerade dabei war, irgendeine Geschichte zu erfinden, habe ich sie freundlich aufgeklärt: „Die erste Verwechslung geht auf das Jahr 1855 zurück, als man von Panama aus, Sombreros aus Ecuador an Napoleon III verschiffte. Für die Franzosen waren somit diese Produkte aus Ecuador Hüte aus Panama. In Amerika war es so, dass man im 19. Jahrhundert keine Ware aus Südamerika einführen durfte, wenn die

74

Produkte nicht von dort ansässigen amerikanischen Firmen zumindest mitproduziert worden waren. Weil die zentrale Zollstelle für Produkte aus Südamerika Panama war, trugen die Strohhüte, die aus Ecuador kamen automatisch den Stempel von Panama und waren für die doofen Amis demnach „panama hats". Und dann kam schließlich der Auftritt des amerikanischen Präsidenten Theodore Roosevelt. Im Jahre 1906 trug er bei einer Besichtigung des Panamakanals einen ecuadorianischen Toquilla Strohhut. Und weil die Fotos von ihm um die ganze Welt gingen, war nun endgültig der Name Panamahut etabliert."

Habe diese Erklärungen mit großer Freude und sehr stolz vorgetragen, Prozente habe ich für diese kleine Fortbildungsmaßnahme aber trotzdem nicht erhalten.

Wurscht, jetzt war er also mein. Und ich war einer von vielen prominenten Menschen, die so einen Hut getragen haben. Neben Napoleon und Roosevelt waren auch Rockefeller, Hemingway, Churchill, Truman und Newman Fans von dieser Kopfbedeckung, zugegeben, Erich Honecker war es auch. Aber, wie gesagt, wurscht. Ich verließ den Männerladen mit meinem Panamahut auf dem Kopf, obwohl es bewölkt war und sich die Sonne nicht zeigte. „Dieser alte Angeber," werden sie sich gedacht haben, die umstehenden, gaffenden Käppiträger, „aber klasse, so ein Panamahut!"

Langgehegter Wunschtraum erfüllt. Wir wollen niemals auseinander gehen. Alles gut.

***

Nun ist es so: Ich gehe mindestens zwei Mal in der Woche um einen Speichersee, gleich in meiner Nähe, weil ich rüstig bleiben will, versteht sich, mit Panamahut, versteht sich sowieso.

Und dann kam es, wie es eines Tages kommen musste. Ich spazierte wieder einmal auf dem Dammweg, der um den See herumführt, und es wehte, wie meistens, ein leicht böiger Wind, unterstützt von einer Land-Seewind-Zirkulation und überlagerten Böen, was auch immer. Bei jeder Böe griff ich nach meinem Hut, damit er mir nicht vom Kopf gerissen würde. Die Gefahr war natürlich groß, dass meine geliebte Kopfbedeckung direkt in den See segeln würde, dann für mich unerreichbar, weil steile Böschung. Man konnte dann nur noch hoffen, dass der Hut wenigstens auf die Krone fallen würde und so zu einem Schiffchen würde und Vögelchen ihr Nestchen darin bauen könnten. Aber dafür geb´ ich doch mein Geld nicht aus, ich mag Federvieh nicht besonders.

Nein, es kam ganz anders. Ein engelsgleiches Wesen kam mir entgegen spaziert. Im luftig-leichten Sommerkleid erschien sie mir, ihr schwarzes Haar zu einem Zopfe gewoben, südamerikanischer Typ Marke Rasseweib schwebte über blauen Kornblumen, weißen Margeriten und rotem Mohn auf mich zu. Zugegeben, meine Erinnerung mag an dieser Stelle einen Schabernack mit mir treiben, denn es waren wohl eher Hornklee, Klappertopf, Ackersenf und Lichtnelken die sie niedertrat und eine Menge Gänsescheiße, der sie auswich, aber ihre Erscheinung war außerordentlich beeindruckend, denn – sie trug einen Panamahut.

Wir liefen aufeinander zu und lächelten uns von Weitem schon an, weil wir natürlich auf den ersten Blick erkannt hatten, dass wir beide eine außergewöhnliche Kopfbedeckung trugen. Da erfasste eine Windböe die 7cm breite Krempe meines Hutes und versuchte sie mir von meinem Kopf zu reißen. Ich zuckte zunächst etwas zusammen vor Schreck, das wäre eine Blamage vor der Dame gewesen, sofort griff meine rechte Hand an meinen Kopf um den Hut zu retten. Was natürlich auch gelang.

Als wir auf gleicher Höhe waren, blieben wir stehen. Beide wollten wir es so. Beide strahlten wir über das ganze Gesicht, sie über ihres, ich über meines.

„Einen schönen Hut tragen Sie." Gurrte ich.

„Sie aber auch." Hauchte sie zurück.

Und dann aus einem Munde: „Panamahut."

Just in diesem Moment erfasste meinen Panamahut (wie gesagt: Krempe 7cm, große Angriffsfläche) eine weitere Windböe. Ich griff mit beiden Händen panisch nach dem Strohteil, das sich schon von meinem Kopf gelöst hatte und sich quasi bereits in unkontrolliertem Flug Richtung offener See befand. Mit den Fingern erfasste ich den Hut gerade noch.

„Nochmal Glück gehabt," sagte die Dame, „oft sollte Ihnen das nicht passieren." Dann sagte sie nichts mehr, sie ging ihres Weges. Ich rief ihr noch nach: „In der Kathedrale meines Herzens wird immer eine Kerze für Sie brennen." Doch sie winkte nur ab, als wolle sie sagen: „Du interessierst dich doch nur für meinen Hut. Den kriegst du aber nicht."

Am Ende des Rundwegs gibt es eine Bank auf die ich mich setzte. Ich war etwas erhitzt, von der starken Sonneneinstrahlung natürlich, aber auch von der Schönheit meiner Bekanntschaft. Mit einem weißen Taschentuch wischte ich mir den Schweiß von der Stirn. Deswegen legte ich den Hut ab, neben mich auf die Bank und träumte ein wenig von der zauberhaften Erscheinung.

Und da liegt er heute noch, mein Panamahut.

Diesen Satz erwarten Sie jetzt doch. Sie glauben doch allen Ernstes, dass ich so blöd bin und den Hut auf der Bank vergessen habe, nicht wahr? Wofür halten Sie mich eigentlich? So ein Hut bleibt doch nicht lange liegen. Der Erste, der ihn sieht, nimmt ihn doch mit, so ein schönes Stück. Deswegen lautet der Satz korrekter Weise:

Und da liegt er heute nicht mehr, mein Panamahut.

Denn ein Fremder hat sich strafbar gemacht. Er hat meinen Hut an sich genommen, den ich tatsächlich auf der Bank liegenlassen habe.

Ich bin nur noch traurig.

10 In der Kathedrale meines Herzens

Das erste Mädchen, das ich geküsst habe, hat sich anschließend heftig erbrochen.

Brigitte hieß sie. Eigentlich lag sie schon mit dem Udo im Bett. „Entschuldigung", sagte ich, als ich beim Eintreten ins Zimmer die beiden knutschend vorfand. „Du kannst ruhig bleiben", antwortete Babsi. Ja, dann. Ich habe mich dazu gelegt. Wir fummelten ein bisschen rum, damals hieß es ja „Lieber Petting als Pershing!" und dann habe ich sie halt geküsst. Es war die Silvesternacht von 1967 auf 1968. Wir feierten bei Harald, der sturmfreie Bude hatte. Wir hatten alle etwas getrunken, irgendwann war uns allen schlecht und irgendwann haben wir alle gekotzt, die einen später, die Babsi eben früher. Sie konnte ja nicht wissen, was sie da gerade angerichtet hatte. Fortan stand ich unter dem Zwang, mir eine ganz besondere Anmache auszudenken, wann immer ich mich einem weiblichen Wesen näherte.

„In der Kathedrale meines Herzens wird ewig eine Kerze für dich brennen."

Dies ist der schönste Satz, den ich jemals gehört und gesprochen habe. Curd Jürgens zu Maria Schell, vielleicht war es auch der O. W. Fischer, auf jeden Fall Schwarz-Weiß-Film und ich zu vielen Frauen; unforgettable, magic moments.

Ein furchtbarer Schmarrn, sagen Sie? Sowas kann man doch zu keiner Frau sagen. Da stellen sich einem doch schon beim Lesen die Zehennägel auf. Was passiert da erst, wenn man so einen Dreck, Dreck, Dreck ausspricht?

Könnte es sein, dass Sie kein Frauenkenner sind? Ich werde Ihnen sagen, was passiert:

1. Frau lächelt, denn so einen furchtbaren Schmarrn hat sich wirklich noch keiner zu ihr sagen getraut.
2. Frau schaut Sie an, weil sie gerne wissen möchte, wer sich so etwas traut.
3. Frau prägt sich ganz genau Ihr Gesicht ein, weil dieser interessante Mann, sollte sie ihn jemals wiedersehen, dann ihr gehört.

Merken Sie sich bitte Eines in Bezug auf Frauen: Es gibt nicht ein einziges Kompliment, das so blöd ist, dass es eine Frau nicht gerne hören mag. Je ausgefallener ein Kompliment, umso besser. Wie oft hat das Zielobjekt schon gehört, dass sie wunderhübsche Augen hat und ein süßes Stupsnäschen? Die Standardanmache in Bayern: „Woss bistn Du füra Liabe?", ist doch abgedroschen. Das weiß sie doch selber, da braucht sie doch nur in den Spiegel zu schauen. Aber wie oft hat ihr schon mal jemand gesagt, dass in der Kathedrale seines Herzens für ewig eine Kerze für sie brennen wird? Na, also.

Es ist doch so: Man trifft sich, lernt neue Leute kennen, ein paar attraktive, interessante Frauen sind dabei, man beginnt zu begehren, fällt dem Gegenstand der Begierde aber nicht auf. Ja, womit denn auch? Konkurrenz ist jünger und alle sind sie bodygestylt, fettgegeelt, hippgehoppt und was sonst noch alles. Und Sie? Bestenfalls bauchgewampt und darauf steht zunächst mal keine. Da muss man es halt mit geschickter Verbalerotik versuchen. Am Ende des Abends verabschiedet man sich brav, hält ihre Hand ganz fest, schaut ihr tief in die Augen (hundgestylt) und sagt mit oktavgetiefter, sonorer Stimme: „In der Kathedrale meines Herzens wird ewig eine Kerze für dich brennen."

Jetzt hören Sie sofort auf zu lachen, verdammt noch mal! Ich erkläre Ihnen hier, wie Frauen funktionieren, und Sie lachen es weg. Und warum? Doch bloß, weil Sie sich wieder einmal nicht trauen! Dabei ist es so einfach mit den Frauen:

Junge Männer und junge Frauen unterscheidet zunächst nichts. In den Teenagerjahren ist die Haut des jungen Menschen nur dazu da, die Hormone fest zusammenzuhalten. Man(n) nascht à la carte. Mal hier ein Häppchen, mal dort ein Bisschen, mal was Afrikanisches, mal was Japanisches, mal eine Russin, mal eine rassige Südamerikanerin. Wir sind alle Global Player, die Welt vereinigt sich und wir vereinigen uns mit. Da sind Frauen und Männer gleich.

Während der männliche Teenager aber im Grunde seines Wesens immer ein Teenager bleibt (Sex, Auto, Fußball - mit den Jahren umgekehrte Reihenfolge), verändert sich die Frau. Plötzlich taugt ihr à la carte nicht mehr, sie sehnt sich nach Hausmannskost. Ein Überlebensgen, das seit ihrer Geburt in ihrem Körper geschlummert hat, sagt ihr nun: Ein Kerl muss her und zwar einer der mich ernähren kann, aber nicht nur mich, sondern auch meine Brut.

Nun vereinigt Frau sich nicht mehr kopflos, sondern ganz bewusst und jetzt noch viel raffinierter und leidenschaftlicher, bis sie hat, was sie will: Mich! Oder eben dich! Oder Sie, falls wir per Sie sind, aber wir können uns gerne duzen: Ich bin der Manfred.

Und jetzt pass auf! Von wegen kopflos! Man sagt doch: Männer stehen für Logik, Frauen bestehen aus Bauchgefühl, sagt man doch. Überlegen sind wir den Damen aber trotzdem nicht, weil sie noch viel mehr sind: Frauen sind auch berechnend! Männer handeln logisch und sind daher für berechnende Frauenzimmer berechenbar, auszurechnen verarschbar. Gegen Frauen haben wir keine Chance, nicht eine! So Gemein.

Packen wir die Weiberleit also an ihrer Eitelkeit! Da kann man dann auch eine Wampe haben, wahlweise eine Glatze oder auch Gesichtswarzen oder alles zusammen. Stört überhaupt kein bisschen, denn jetzt geht es ja nicht mehr um den Schönheitsanspruch, sondern es geht um den Versorgungsanspruch. Merke: Versorgungsanspruch sticht Schönheitsanspruch. Geld sticht Muskeln. Wie kommt es denn sonst dazu, dass die anmutigsten, begehrenswertesten Frauen mit den unschönsten Männern rumlaufen? Hat man das Wesen der Frau aber erst einmal durchschaut, so kann man sie mit ihren eigenen Waffen schlagen.

Wenn man also diesen wundervollen Satz „In der Kathedrale meines Herzens wird ewig eine Kerze für dich brennen" zu einer jungen Frau spricht, wird sich diese sofort fragen: Ist er das? Ist das der Kerl, der meine Zukunft sichert und für meine Brut schuften geht? Die

Frau aber, die bereits die Torheiten der Teenagerjahre abgelegt hat und sich im Stammlokal nach Hausmannskost umschaut, wird sofort wissen: Das ist er!

Es wäre jetzt typisch für den männlichen Leser an dieser Stelle für die Frauen in die Bresche zu springen und zu sagen: „Nein, nein, so sind die Frauen nicht!" Du Depp! Wie sind sie denn sonst? Bloß weil deine Ehefrau noch freundlich und nett zu dir ist, musst du dich doch nicht blind und blöd stellen. Wart´s ab! In ein paar Jahren, wenn die Brut selbstständig ist, die Kinder aus dem Haus sind und Frau mit dir allein zu Hause ist, dann wird sie zur Gottesanbeterin werden und frisst dich auf. Ständig wird sie von der Frage heimgesucht werden: Wozu brauch´ ich den eigentlich noch? Und die Antwort liegt auf der Hand: Eigentlich nicht mehr. Dann bist du nur noch im Stadium der Duldung, bis einer kommt und zu ihr sagt: „In der Kathedrale meines Herzens wird ewig eine Kerze für dich brennen!" Dann sie wieder à la carte und du der zahlt.

Lass es nicht so weit kommen, mein Freund. Du der sie alle mit einer schorschcloonischen Selbstverständlichkeit haben kannst, mit einer bradpittschen Leichtigkeit, mit einem mattdamonischen Trick, mit dem dicaprioziösen Satz: „In der Kathedrale meines Herzens wird ewig eine

Kerze für dich brennen." Dann, mein Freund, werden sie alle bei dir anstehen, sie werden Nummern ziehen müssen, Frauenkörper jeden Alters werden verzückt sein und du wirst den Satz – Soll ich ihn nochmals erwähnen? – Nein! – Lügen strafen, denn am Ende deiner Karriere wird dieser Satz richtigerweise lauten müssen:

„In den unendlichen Weiten der Kathedrale meines Herzens wird ewig eine Kerze für dich brennen."

11 Mein Freund Egon

Einige Jahre lang durfte ich als Instructor für eine sehr große deutsche Fluggesellschaft arbeiten, in Frankfurt. Gemäß meiner Frau gehörte ich dem Grus-grus-Klan an. Sie ist Ornithologin, hobbymäßig, kennt sich also mit Vögeln aus. Substantiv jetzt, nicht Verb.

Um das Lehrgebäude des Konzerns zu betreten, hochmotiviert, gut vorbereitet, immer in bester Laune, war es notwendig ein Drehkreuz zu passieren, was nur mithilfe eines Konzernausweises möglich ist: Ausweis an Scanner drücken, grünes Licht, geschmeidig durchgehen. Da man mir keinen Ausweis ausgestellt hatte, musste ich jedes Mal mein Sprüchlein aufsagen: „Guten Morgen, ich bin der Dings Bums, sie kennen mich ja, bitte um Einlass." Grünes Licht. Danke. Das klappte die ersten Jahre problemlos. Bis eines Tages Folgendes passierte:

Sprüchlein.
Antwort wie Donnerschlag: „JA, HABEN SIE DENN KEINEN AUSWEIS?"
Amüsiert zurück: „Nee, sonst würde ich ja nicht klingeln."
Brüllen aus dem Off: „DAS GEHT SO NICHT!"
Immer noch gut gelaunt: „Gestern ging's noch."

Furchtbar schlecht gelaunt: „OHNE AUSWEIS KOMMEN SIE HIER NICHT REIN!"
Etwas ratlos und zunehmend verlegen: „Und jetzt?"
„RECHTES DREHKREUZ! ZU MIR! SIE MÜSSEN SICH EINEN TAGESAUSWEIS VON MIR AUSSTELLEN LASSEN!"

Da saß er dann, der Sicherheitsmensch, kleine Statur, von der Gattung der Rotkopfwürger (Lanius senator, sagt meine Frau), noch rotbackiger als ich, noch weniger Haare am Kopf als ich, hochgradig erregt.

„SO GEHT DAS NICHT! SIE BRAUCHEN EINEN AUSWEIS. SONST KOMMEN SIE HIER NICHT REIN!"
Bin doch schon drin, denke ich mir, sage aber:
„Sie kennen mich doch. Sie wissen doch, wer ich bin. Ich arbeite hier gelegentlich."
„NATÜRLICH KENNE ICH SIE! SEIT VIELEN JAHREN KENNE ICH SIE! ICH WEISS GENAU, WER SIE SIND UND WAS SIE HIER TUN, HERR RIEDISCHÄ!"
„Und warum brauch ich dann auf einmal einen Ausweis?"
„WEIL DAS SO VORSCHRIFT IST!"
„War doch bisher auch Vorschrift und ging ohne."
„JETZT NICHT MEHR! BEI MIR NICHT!"

Was war geschehen? Die Leute vom Sicherheitsdienst hatten ihre übliche jährliche Belehrung erhalten. Botschaft: Ausweispflicht für jeden. Basta!

„UND JETZT BRAUCH ICH NOCH EIN PFAND VON IHNEN, DAMIT SIE DEN AUSWEIS NACH IHREM UNTERRICHT AUCH WIRKLICH WIEDER ZURÜCKBRINGEN."
„Was für ein Pfand?"
„NA, IHREN PERSONALAUSWEIS ZUM BEISPIEL!"
Jetzt Problem. Erstens bin ich vergesslich, zweitens nach dem Unterricht randvoll mit Chemie, drittens musste ich ja immer gleich nach dem Unterricht zum Flieger, zurück nach München. Da denk ich doch gar nicht mehr an den Ausweis.
„Das geht nicht. Das vergesse ich. Und ich brauch meinen Personalausweis."
„DANN EBEN DEN FÜHRERSCHEIN!"
„Brauch ich doch auch."
„DANN EINE KREDITKARTE!"
„Wirklich nicht."
„DANN KOMMEN SIE HIER NICHT REIN. OHNE AUSWEIS KÖNNEN SIE HIER NICHT BLEIBEN!"
Wir einigten uns auf meine BahnCard.

Antipathie!

Natürlich hatte der Mann recht, weiß ich auch. Der Mann tat ja nur seine Pflicht. Vielleicht hatte er einen Anschiss erhalten, weil er zu großzügig Einlass gewährte. Muss man doch verstehen. Schon klar, dennoch war ich verärgert. Die Firma wollte mir keinen Konzernausweis ausstellen: „Kostet 50 Euro im Jahr." War ich wohl nicht wert. „Der Mann ist bekannt. Ein 150-Prozentiger. Wir reden mit seinem Chef. Dann kommst Du wieder ohne Probleme rein." Das hat dann auch geklappt. Bei allen anderen Sicherheitsmenschen. Bei meinem Freund, Mister 150 Prozent, jedoch nicht. Wann immer er Dienst tat, wurde ich lautstark angefetzt:

„SO GEHT DAS NICHT! WENN SIE KEINEN AUSWEIS HABEN, KOMMEN SIE HIER NICHT REIN!"
Ich hatte mich mit meinem morgendlichen Bußgang schon abgefunden. Dann passierte das:

Ich stand einmal wieder, durchaus angespannt, vor ihm und holte meine BahnCard aus meinem Portemonnaie. Bei meinem Anblick plusterte er sich auf und schwoll zu einem Chrysolophus pictus (der Goldfasan) an, gerade, dass kein Heiligenschein über seiner Birne schwebte und fast so, als ob er ein gefallener Engel wäre, dem es furchtbar stinkt, dass er auf die Erde strafversetzt worden ist. Ich, ihm gegenüber eher wie ein kleiner, unscheinbarer Ficedula parva (der Zwergschnäpper). Da kam ein neuer Kollege in den Empfangsraum, Engländer. Er sah mich: „My dear friend!", streckte beide Arme aus und kam beschwingt auf mich zu. Ich lächelte ihn freundlich an, öffnete ebenfalls meine Arme zu einer herzlichen Begrüßung, da lief er an mir vorbei, schnurstracks auf den Sicherheitsheini zu, begrüßte ihn herzlich und sulzte etwas von: „So good to see you. How are you, my dear fellow?" Drehte sich im selben Moment nach links, warf dabei seine graue Buffalo-Bill-Mähne in den Nacken, wie ein Gimpel (Pyrrhula pyrrhula), und trat in Richtung Kantine ab, breakfast. Da kam es mir.

„Der hat keinen Ausweis! Das hat er mir gestern selber gesagt! Wieso kommt der hier rein?"
„Aber das ist doch der Mister Exit."
„Ich weiß, wer das ist. Der hat keinen Ausweis. Wieso kommt der hier rein?"
„Aber der arbeitet doch hier."
„Ich arbeite auch hier."
„Aber der arbeitet schon seit einem Monat hier. Regelmäßig. Jeden Tag. Das ist der Mister Exit."
„Und ich arbeite schon seit 5 Jahren hier. Regelmäßig. Jeden Monat. Ich bin der Mister Riediger."
„Das weiß ich doch."
„Und warum komm ich dann hier nicht einfach so rein?"
Gute Frage, gell?

Aber jetzt scheiß Antwort:

„WEIL ICH DAS SO ENTSCHIEDEN HABE! IN MEINEM JOB BRAUCHT MAN MENSCHENKENNTNIS UND UNTERSCHEIDUNGSVERMÖGEN. UND JETZT GEBEN SIE MIR IHR PFAND!"

„ICH WILL IHREN CHEF SPRECHEN, SOFORT!"

„Mein Chef ist in einer Besprechung."

„DANN RUF ICH IHN SPÄTER AN. ICH WILL SEINE TELEFONNUMMER, SOFORT!"

„Hier, bitte."

Wozu sollte das denn gut sein? Sich über einen Sicherheitsangestellten beschweren, der es mit der Sicherheit ernst meint, zumindest bei mir, vergiss es. Das hätte nichts gebracht, außer, dass ich noch einen Anschiss erhalten hätte. Weil ich aber am nächsten Morgen noch stolz und mit einem Mindestmaß an Selbstwertgefühl in den Spiegel schauen wollte, rief ich seinen Chef tatsächlich an. Zugegeben, nach dem ersten Klingeln habe ich aufgelegt.

Feindschaft.

Monate später spazierte ich abends durch Raunheim, auf der Suche nach einem Restaurant. Da stand er plötzlich. Vor einem Zeitungskiosk, inmitten einer Meute von fünf Gleichgesinnten. Mit einer Bierflasche in der

Hand. Im Trainingsanzug. Weiße, gestopfte Tennissocken. Mit Birkenstöckli beschuht. Alle fünf. Er erkannte mich ebenfalls sofort.

„Hallo, Herr Riedischä."
Grunz.
„Machen Se noch ehn Abendspaziergang? Ich treff mich hier jeden Abend mit meine Freund uffn Biersche. Zur Entspannung, wissen Se. Hab' ja ehn schweren Job, wissen Se ja aach. Iss net jeder so freundlich zu mir wie Sie, gell."
Grrrr.
„Jetzt machn se doch net so ein unfreundliches Gesicht. Kommen Se, ich lad Se zu ehner Flasch Bier ein."
„Arrrg!"
„Na gut, wenn Se net wolle. Dann noch ehn schön' Abend. Und vergessen Se net Ihren Ausweis morgen früh."

Krieg.

So vergingen Jahre.

Dann traf ich ihn wieder einmal außerhalb der Voliere. Ich saß im Shuttlebus vom Flughafen zum Hotel. Da stieg er ein. Wir wollten wohl beide wegsehen, schauten dummerweise aber beide in die gleiche Richtung weg, so dass sich unsere Blicke treffen mussten.

„Tach, Herr Riedischä. Sind Se auch hier?
„Grüß Gott."
„Ja, wenn ich ihn sehe tu."
„Kann manchmal ganz schnell gehn."
„Gottchen, heut sind Se abber gut druff. Darf ich mich zu Ihne setzn?"
„Ähä."
„Werte ich jetzt mal für ein eindeutiges Ja. Fahrn Se in Ihr Hotel, gell?"
„Ähä"
„Ich fahr zum Nachtdienst."

Dann zwei haltestellenlang kein Kommentar. Dann, unerwartet, wie ein Schlag aus heiterem Himmel:

„Sachen Se mal Herr Riedischä, wie lange kenne mir uns jetzt eischentlisch schon?"
„Fünfzehn Jahre."
„Hätt ich jetzt auch geschätzt. Wissen Se was? Wo mir uns jetzt doch scho so lange kenne tun, könnt mer uns doch eichentlich ahch dutze. Was sagste? Also isch bin der Egon."

Dabei blickte er aufrichtig und ehrlich in meine weichgekochte Fresse.

Ich konnte nicht anders. Mit von Tränen erstickter Stimme hörte ich mich sagen: „Manfred."

Ausweis brauch ich jetzt keinen mehr, klar, wenn man solche Freunde hat.

12 Nachtdienst mit Marvin W.

Dies ist die wahre Geschichte über meinen Kollegen Marvin. Es ist die Geschichte einer großen Niederlage. Meiner Niederlage. Einer Niederlage, die mich bis heute schwer gezeichnet hat, schwer gezeichnet, weil ich bis heute keine Antwort auf die Frage gefunden habe: Was hätte ich denn verdammt nochmal tun sollen?

Es war so: Wir hatten zusammen Nachtdienst. Ich, der große Vorgesetzte, und er, der kleine Untergebene. Fünf Besoldungsstufen unterschieden uns. Das ist durchaus ein spürbares monetäres Gefälle.

Ich hatte mir zum Abendessen ein Paar Wiener Würstchen mitgebracht, die ich nach dem ersten Arbeitsschub essen wollte. Wiener Würstchen sind schnell gemacht und schmecken gut. Ich esse gerne Wiener Würstchen, auch heute noch, aber nicht mehr im Nachtdienst und schon gar nicht mehr in der Nähe von Marvin.

Gut zwei Stunden hatte ich vorzügliche Arbeit geleistet, dann knurrte mir der Magen. Da ich keine Termine mehr hatte, ging ich in den Sozialraum, um mir meine Würstchen warm zu machen. Auf eine Halbe habe ich mich auch gefreut. Alkohol im Dienst zwar verboten, aber Nachtdienst, sieht ja keiner außer dem Techniker, aber der Untergebener und selber Biertrinker, also Schnauze.

Martin saß bereits im Sozialraum und aß sein Abendbrot, auch Wiener Würstchen. Und jetzt so, aber ganz ohne Scheiß:

„Mahlzeit. Hast du dir auch ein Paar Wiener mitgebracht?"
Er sagt nichts. Beißt von seiner Wurst ab. Trinkt einen Schluck Bier. Ich öffne die Kühlschranktür.
„Wo sinnern meine Wiener? Hast du meine Wiener gsehn? Ich hab' die doch in den Kühlschrank gelegt."
Keine Antwort. Er beißt in seine Wurst. Trinkt einen Schluck Bier.
„Hey, isst du vielleicht meine Wiener?"
Er beißt eine neue Wurst an, die letzte auf dem Teller. Sagt nichts.
„Marvin! Was hast'n du dir zur Brotzeit mitgebracht?"

Er schwitzt auf seinen Augendeckeln und um seine Nase herum sammeln sich ebenfalls kleine Schweißtröpfchen. Beißt von seiner Wurst. Trinkt einen Schluck Bier. Da kommt's mir!

„Du Sack! Das gibt's doch nicht! Du frisst meine Brotzeit. Ja, spinnst jetzt du? Du kannst dir doch nicht meine Wiener nehmen! Wie kommst du denn dazu?"

„Da war kein Name draufgestanden."

„Was?!"

„Da war kein Name draufgestanden."

„Was heißt, da war kein Name draufgestanden?"

„Dass da kein Name draufgestanden war."

„Ja hast du schon mal Wiener gesehen, wo ein Name draufgestanden ist?"

„Bei meinen."

„Hä?"

„Ich schreib immer meinen Namen drauf. Aufs Einwickelpapier. Da war kein Name drauf."

„Und deiner? Stand vielleicht dein Name drauf?!"

„Natürlich nicht. Deswegen hab´ ich ja nicht wissen können, dass das deine Wiener sind."

Mir fehlen die Worte.

13 Die Mutter vom Barney, der Barney und sei Bua

Der Barney ist ein Freund von der Claudia und die Claudia ist eine Freundin von mir. Wer dabei eine prickelnde Dreiecksgeschichte vermutet, vermutet falsch. Diese Freundschaft ist eine grundsatztreue Liebe unter Freunden, Philia hat sie der große Grieche Aristoteles genannt, nur damit Du es weißt. Außerdem kenne ich den Barney gar nicht, diese Geschichte hat mir die Claudia erzählt.

Der Barney hat eine Mutter, natürlich, sonst ging's ja nicht. Und die Mama hatte vom Barney zum 80. Geburtstag eine Kaffeemaschine geschenkt bekommen, war ein Wunsch von ihr gewesen, sie liebt Espresso: Caldo come l'inferno, nero come il diavolo, pure come un angelo e dolce come l'amore. Man muss wissen, dass Mutter Barney eine noch sehr agile, feine und gepflegte Person ist, die gerne zum Kaffeetrinken einlädt. Nun ist es natürlich so: weil sie schon etwas länger jung ist und ihre Freundinnen auch, können nicht mehr so viele ihrer Lieben zum Kaffeeklatsch kommen, rechtmäßig und endgültig entschuldigt, um genau zu sein: alle. Deswegen ist es natürlich auch so, dass Mamabarney öfters mal bei der Familie ihres Sohnes anruft und sie zum Kaffee einlädt, manchmal täglich, weil ihr Zeitgefühl schon ein wenig verloren gegangen ist. Dafür gibt es ein böses Wort, das wir an dieser Stelle aber nicht erwähnen wollen. Und jetzt horch zu, was letzte Woche passiert ist:

„Barney, magst net a moi wieder zum Kaffätrinken bei mir vorbei schaun, auf an Expresso?"
„Mama, wir waren doch erst letzte Woche bei dir zum Kaffeetrinken."
„Aber Barney, des wäre ganz wichtig. Bei mir im Haus stinkt´s so stark. Du musst nachschaun kommen, was da los is."
„Mama, ihr habt doch einen Hausmeister, der kümmert sich schon."

Die Mama wohnt in einem Sechs-Parteienhaus, Eigentumswohnung, ein Hausmeister kümmert sich um die Wohnung von der Mama, auch ein bisschen um sie, netter Mann.

„Aber der Ernstl ist doch seit letztem Samstag in Urlaub. Den kann ich doch jetzt nicht erreichen."
Das konnte stimmen. Barney glaubte sich daran erinnern zu können, eine entsprechende Mitteilung auf dem Infobrett im Haus der Mama gelesen zu haben.

„Du musst unbedingt kommen. Es stinkt hier im Haus so penetrant nach Gas. Bekommst auch einen Expresso von mir.“

Zugegeben, der erste Gedanke von Barney war: oide Leit schoaseln scho amoi unkontrolliert, do wird´ si gwiess nix weida dafein, die Mama braucht nur jemand, der mit ihr Kaffee trinkt, vorzugsweise Espresso.

Barney war wild entschlossen, die Bitte seiner Mutter abzuwiegeln, zum einen, weil er die Lage nicht als sehr ernst einschätzte, zum anderen musste er heute noch ein anderes Problem lösen, sehr unangenehm, sehr pikant, betraf seinen Sohn. Als Barney an diesem Morgen das Zimmer seines fünfzehnjährigen Sohnes betreten hatte, um diesen aus dem Bett zu scheuchen, fand er einen Zettel auf dem Boden. Der Zettel war wohl aus der Hosentasche der Jeans seines Juniors gefallen, die zerknautscht über einem Stuhl hing. Der Zettel war eine Art Einkaufsliste: Besorgen, stand oben drauf, und dann folgten 3 Sachen, die sich sein Sohn offensichtlich besorgen wollte. Ramazottl und Blumen waren die ersten beiden Dinge, das dritte, zwei Mal unterstrichene und mit drei Ausrufungszeichen betonte Wort, lies Barney aufhorchen: Gummis!

Mit Fünfzehn! Ist das heute so? Der Vater war empört, merkte aber sehr schnell, wie in seine Empörung auch ein Schwall Stolz miteinfloss. Mein Sohn! Aber wusste sein Sohn überhaupt Bescheid? Hatten seine Eltern mit dem jungen Mann über dieses Thema jemals gesprochen? Barney musste nicht lange nachdenken, die Antwort war ein klares: Nein, niemals! Und dann ist es natürlich so: wie es geht ist ohnehin allgemein bekannt, darüber zu reden war eigentlich schon zu spät, jetzt musste man schon die Details besprechen. Natürlich brauchte der Papa seinem Sohn nicht zu zeigen, wie man einen Gummi überstülpt, aber wusste der frühreife Racker zum Beispiel etwas über die Gefährlichkeit der sogenannten Liebeströpfchen? Wusste er, dass man sich den Gummi schon vorher, also vor dem ersten ..., also, also ..., Sie wissen schon. Sehr löblich, dass sich der Bursche offensichtlich über Verhütung und safer Sex informiert hatte, wirklich sehr löblich. Wahrscheinlich sprach man in der Schule darüber, auf jeden Fall im Pausenhof, aber das waren doch alles oberflächliche Informationen, die in die Hosen gehen konnten. Nein, nein, nun war es soweit, Barney musste seinen Vaterpflichten nachkommen, ob er sich dabei wohl fühlte oder nicht, das war nun unumgänglich, allerhöchste Zeit. Deswegen hatte er seinen Sohn zu einem vertrauten Gespräch einbestellt, nach der Schule, vor dem Abendessen, von Mann zu Mann, oh Mann, oh Mann!

Das bedeutete aber auch, dass er am Nachmittag Zeit für seine Mutter haben würde. Von Moosburg nach Berg am Laim ist es mit dem Auto eine Stunde, dann eine Stunde mit der Mutti Kaffee trinken und eine weitere Stunde zurück. Der Nachmittag wäre sinnvoll genutzt.

„OK, Mamma, ich komme. In einer Stunde bin ich bei dir."

*** *** ***

Und Barney roch es sofort. Kaum hatte er die Haustür im Haus seiner Mutter geöffnet, hatte er einen üblen Geruch in der Nase.

„Mama, da müssen wir die Feuerwehr anrufen."
„Mogst net zuerst an Expresso mit mir trinken?"
„Na Mama, jetzt noch nicht, Gefahr in Verzug."
Er rief die Eins-Eins-Zwei und informierte den diensthabenden Einsatzleiter. Name, Adresse, Botschaft: "Gasgeruch im Haus. Bitte schicken Sie jemanden der das kontrolliert."

„I woas scho selber, wos i macha muas, des miasn Sie mir net sogn." Die unübertroffene Freundlichkeit der Rettungsdienstler.

Wissen Sie was passiert, wenn man die Feuerwehr zu einem Einsatz wegen Gasgeruchs ins Haus bittet? Probieren Sie das bloß nicht aus! Da kommt kein Kontrolleur, da kommt eine Hundertschaft von Kontrolleuren. Binnen 5 Minuten tatütatate es aus allen vier Himmelsrichtungen, als ob die Feuerwehr seit Monaten keinen Einsatz mehr gehabt hätte. Hoch motiviert und in voller Montur standen sie vor Barney: in Feuerwehrschutzanzug und Feuerwehrschutzstiefeln, mit Schutzhandschuhen, Helm, Atemschutzmaske und Axt, wild entschlossen. Bei 25 hatte Barney aufgehört zu zählen.

„Haben Sie uns angerufen?" fragte der Kommandant.
„Mechtn´s an Kaffee, an Expresso?" fragte die Mamma.
„Ja, nein, jetzt nicht." sagte Barney.
„Mechtn´s koan Expresso?"
„Aber Mama, der Herr Kommandant ist jetzt beschäftigt, der muss doch die Ursache für diesen penetranten Geruch suchen."
„Ja und die anderen Feuerwehrleute, vielleicht mechten die an Expresso?"

„Aber Mama, das sind doch mehr als zwanzig Männer. So viel gibt doch deine Maschine gar nicht her."
„Ja, hättst ma hoit dann a gscheite kafft."

Barney begann nervös zu werden. Zum einen regte ihn das Blinklicht der Feuerwehrautos auf, zum anderen wollten das lärmende Tatütata nicht aufhören, denn es näherte sich ein neues Einsatzfahrzeug, diesmal ein Polizeiwagen. Und wenn er schon bei dem ganzen Theater nervös wurde, wie sollte es dann erst seiner betagten Mutter ergehen? Er machte sich Sorgen um deren Gesundheit.

„Schau´ do kimmt die Polizei," bemerkte seine Mutter.
„Mechten Sie an Expresso, meine Herren?" fragte sie die beiden Polizisten, die aber dankend ablehnten.
„Was machen Sie jetzt hier?" fragte Barney und wurde sofort aufgeklärt:
„Feuerwehreinsatz immer mit Polizei" Und zu seiner Mutter gewandt die Frage: „Wie geht es Ihnen gnädige Frau? Es ist ein bisschen viel Unruhe entstanden und laut ist es auch."
„Mir geht´s gut. Ich freu´ mich, dass endlich mal was los ist. Aber an Expresso tat i jetzt gern trinken, möchten´ s wirklich keinen?"

Die Polizisten konnten die Frage nicht mehr beantworten, denn der Feuerwehrhauptmann kam und informierte die Familie:

„Gefahr erkannt, Gefahr gebannt! Im ersten Stock hat ein Anwohner seine Wohnung gestrichen, die Pinsel mit Terpentin gereinigt und dann das restliche Terpentin in den Ausguss gekippt. Stinkt, ist nicht gefährlich, aber möglicherweise sehr teuer."

Okay, dann wird ja jetzt hoffentlich wieder Ruhe einkehren, hoffte Barney. Da hatte er sich aber getäuscht. Plötzlich stand ein Notarzt mit Sanitäter im Wohnzimmer seiner Mutter. Weil Feuerwehr und Polizei ohne Notarzt, geht gar nicht.

„Bestimmt möchten Sie einen Expresso, gell?"
„Was ich möchte ist, Sie einmal näher anschauen. Ich müsste Sie nur ganz kurz untersuchen, wegen der Aufregung, verstehen Sie."
„Mir fehlt nixen. Ich brauch´ jetzt bloß einen Expresso. Des is alles, wos mir fehlt."
„Kaffee, geht jetzt gar nicht, gnädige Frau, wegen der Aufregung, das kann ich nicht zulassen. Aber mir und meinem Kollegen, dürfen Sie gerne einen Espresso machen."

„Und ich darf keinen trinken! Ja, dann war ja die ganze Gschicht völlig umsonst!"

Die Feuerwehr verabschiedete sich, die Polizei auch und auch Barney gab seiner Mutter einen Abschiedskuss. Er wusste sie gut aufgehoben bei dem freundlichen Notarzt. Auf der Fahrt nach Hause bereute er, nicht doch noch schnell einen Kaffee bei seiner Mutter getrunken zu haben. Er wollte hellwach sein, wenn er mit seinem Sohn das Gespräch der Gespräche führte.

***   ***   ***

Barney ging mit einem mulmigen Gefühl in das Zimmer seines Sohnes und ärgerte sich über seine eigene Aufgeregtheit. Warum war ihm dieses Gespräch so unangenehm? Er war doch sonst so ein lockerer Typ. Über Sex konnte er ungezwungen reden, am besten natürlich mit seinen Freunden, aber durchaus auch mit seiner Frau. Kam seine Beklemmung daher, weil er durch dieses Gespräch seinem Sohn offenbaren würde, dass Vadder und Mutter auch Sex hatten? Schmarrn. Das konnte sich sein Söhnchen doch denken, obwohl er sich das vielleicht nicht vorstellen wollte.

Der Bub wartete schon ungeduldig auf seinen Vater, sehr neugierig, denn wann immer der Vadder ihn offiziell zu einem Gespräch gebeten hatte, was bisher nicht häufig der Fall gewesen war, stand stehts eine große Veränderung an. Einmal wurde im mitgeteilt, dass die Familie umziehen würde, weil beschlossen worden war, ein Haus zu kaufen und das in einem Vorort von München. Folge: größeres Zimmer für den Sohn, aber neue Schule und neue Schulkameraden. Und dann war da noch das Gespräch vor 5 Jahren gewesen, in dem man ihn wissen ließ, dass er noch ein kleines Schwesterchen bekommen würde. Das waren allesamt sensationelle Nachrichten gewesen. Was würde er heute erfahren? Noch ein Schwesterchen?

„Worum geht´s Vadder?"
„Also es ist höchste Zeit, dass wir uns mal miteinander unterhalten, mein Junge."
„Worüber Vadder?"
„Ja, wie soll ich sagen, ...? Also, äh ..., wie soll ich das jetzt sagen? Über Liebe, Sex, Jubel, Trubel, Heiterkeit."
Barney war ernstlich bemüht das Thema mit einer gewissen Lockerheit anzugehen, vor allen Dingen wollte er nicht verkrampfen.
„Worüber Vadder?"
„Äh, über Zweiteres."
„Das war?"

„Sex. Also guten Sex, meine ich, sicheren Sex.“

„Vadder, wird das das Bienengespräch?“

Der Sohn sah seinen Vater an und merkte am Gesichtsausdruck des Vaters sofort, ja, das war das Bienengespräch. Und der Vater merkte sofort, dass er etwas verlegen wurde, also nicht nur er selber, sondern auch sein Sohn.

Und dann sprang der Sohn vom Barney plötzlich auf den Boden und machte Ehestandsbewegungen.

„Was machst Du denn jetzt da?“ entfuhr es dem Vater mit einem gewissen Entsetzen in der Stimme?

„Liegestützen.“

„Wieso machst Du denn jetzt Liegestützen?“

„Ich mach doch immer Sport nach dem Nachmittagsunterricht. Das weißt Du doch. Du hast doch nichts dagegen, oder?“

Das war natürlich auch eine Möglichkeit seine Unsicherheit zu überspielen und vielleicht ließ es sich so besser reden.

„Also, um es kurz zu machen: Ich wollte dich fragen, ob du weißt, was Liebeströpfchen sind?“

„Liebeströpfchen?“

Der Junge war sichtlich überrascht von der Wendung des Gesprächs.

„Liebeströpfchen? Ist das nicht eher was für Frauen?"

„Hä? Äh, schon, wie man´s nimmt."

„Ich glaub´ die Mama trinkt sowas ..."

„Was?!"

„Ja, die trinkt doch gerne so einen pappsüßen Likör? Meinst du das?"

Barney war ganz gegen seine Absicht etwas echauffiert. Sein Sohn merkte den Unmut in seines Vaters Stimme und begab sich in die Hocke, neue Stressbewältigung: Kniebeugen.

„Sag mal, vergageierst du mich jetzt?"

„Nein, warum?"

„Weil das ein ernstes Thema ist."

„Was jetzt?"

„Liebestropfen."

„Kannst du mal bitte deutlicher werden!"

Der Junior nahm eine aufrechte Stellung ein, grätschte die Beine weit auseinander und versuchte mit der rechten Hand den linken Fuß und abwechselnd mit der linken Hand den rechten Fuß zu berühren.

„Präzise ist es so: wenn ein Mann sexuell erregt ist, tritt ein Sekret aus seinem Penis, das so genannte Liebeströpfchen. In diesen Liebeströpfchen können sich

Spermien befinden, die zu einer Schwangerschaft führen können. Deswegen will ich, dass du weißt, dass du dir deine Gummis rechtzeitig überziehen musst, damit nichts passiert."

„Kondome, meinst du? Und weswegen machst du jetzt so einen Aufstand?"

„Also gut, ich habe heute Morgen zufällig deinen Einkaufszettel gesehen: Ramazotti, Blumen, Gummis. Oder mit anderen Worten: Party, Verführung, Sex. Da musst du mir nichts vormachen. Du bist noch sehr jung, fünfzehn, aber gut, wenn es heutzutage so ist, ist es halt so. Aber dann solltest du auch gut aufgeklärt sein, verstehts du?"

„Alles klar Vadder. Aber jetzt möchte ich dich mal aufklären: Die Mutter hat mir gesagt, ich soll auf dem Nachhauseweg von der Schule eine Flasche Ramazotti mitbringen. Unser Enzian ist nämlich alle, und wenn sie's dir sagt, kaufst du wieder so einen scharfen Schnaps, mag sie nicht, sie steht auf was Süßes. Und die Blumen schenkt sie sich selber, weil du ihr nie welche kaufst. Beim Penner Markt gibt's grad ein Angebot, zehn Tulpen für eins neunundneunzig. Und die Gummis sind für die Einmachgläser, Mama will morgen Marmelade einmachen. So schaut's aus."

Oh.

„Und dann noch was Vadder, hör gut zu, kannst was lernen: Was du meinst, sind keine Liebestropfen, sondern Lusttropfen. Der Lusttropfen ist ein Präejakulat und dient dazu, die Harnröhre auf die Ejakulation vorzubereiten, indem ein spermienfreundliches Milieu geschaffen wird. Er reinigt die pH-saure Harnsamenröhre vom Urin und verändert diesen Zustand in einen basischen. Nur so kann es nämlich zu einem Samenerguss kommen. Lusttropfen bilden sich in den zwei Bulbourethraldrüsen und sind mengenmäßig tatsächlich nur ein paar winzige Tröpfchen, können bei einigen Männern aber durchaus bis zu 5 Milliliter sein. Biologie, Gymnasium, 10. Klasse."

Oho!

Schön, wenn die Kinder in der Schule so gut aufpassen. Ist ja auch ein interessantes Thema.

„Und dann noch das, Vadder: Lusttropfen enthalten nur Spermien, wenn kurz vorher bereits ein Samenerguss erfolgt ist. Zugegeben, kann durchaus ein, zwei Tage her gewesen sein. Eine Schwangerschaft durch Lusttropfen ist daher aber sehr unwahrscheinlich. Kein Grund zur Sorge, Vadder."

14 Wo scheißt der Uli H?

Jeden Sonntagabend schauen wir uns den Tatort an. Wir, damit meine ich meine Familie, meine Frau, meine Tochter, meinen Sohn und natürlich mich. Egal wo wir uns gerade befinden, und meistens natürlich getrennt. Die Eltern allein zu Hause, Tochter bei Freunden, Langzeitstudent in Passau. Aber wo immer wir gerade unser Leben leben, eines wissen wir, heute Abend sind wir vereint, vor dem Fernseher: Tatort.

Und deswegen kenn´ ich mich aus in der Szene und mit der Forensik und sowieso. Und ich bin erschüttert. Fast in jedem Tatort hat man Einblick in eine Gefängniszelle. Und was sehe ich da? Einen Lokus! Klo. WC. Topf. Toilette halt. Mitten im Zimmer. Also nicht mitten drin, sondern dezent neben dem Waschbecken, aber: IN DER ZELLE! Da gibt es keine Nasszelle, in die sich ein Insasse zurückziehen könnte, wenn es ihn drückt (und das kann bei einem gesunden Menschen ja bis zu vier Mal am Tag sein, zwei Mal wäre ideal).

Ein Häftling ist also nicht, wie man meinen könnte, in einer Gefängniszelle eingesperrt, sondern in einem Scheißhaus, oder wenn Sie´s gerne höflicher haben, in einer Toilette. Kommt aber aufs selbe raus, weil auf das, was da rauskommt, darauf kommt es an, das sind die entscheidenden Duftstoffe, wobei „Duftstoff" jetzt aber der höfliche Ausdruck ist, unerträglicher güllemäßiger Gestank träfe es auch.

Ich bin entsetzt. Und ich, weil ich es nicht geglaubt habe, dass Häftlinge in Deutschland in einer Toilette eingesperrt sind, bin persönlich zur Polizei gegangen und habe mich erkundigt: Bundespolizei, Flughafen München, 7. Stock, direkt über dem Airbräu.

„Sie, wie issn jetzt des, stimmt des scho, dass ein Gefängnisinsasse in seiner eigenen Zelle aufs Klo gehen muss?", habe ich gefragt.
„Ja, freilich, wo denn sonst?" hat einer der beiden diensttuenden Beamten gesagt. Wobei, getan haben die gerade gar nichts, auf den nächsten Fall haben die gewartet.
„Ja, und wenn er Durchfall hot?"
„Dann noch öfters."
„Des konn ober doch net sei, dass anner in seim eigenen Gestank eingschbert is."
„Gfängis halt, gell. Is kein Urlaub. Erzieherische Maßnahme."
„Und warum ka Nasszelle? Zu deier?"
„Lassen Sie sich des von meinem Kollegen erklären. Ivo, mogst du dem Herrn des geschwind erklärn?"

Und damit bedeutete er seinem Kollegen, meine Frage
zu beantworten.

„Gern, Franz."

„Schauns, Herr Riediger, des is so. Wenn man eine
Nasszelle anbaun tät, dann könnt man den Insassen
durch das Guckloch in der Tür nicht beobachten. Er
könnt sich zum Beispiel in die Nasszelle zurückziehen
und dort Selbstmord begehen."

„Wie des? Sich in der Kloschüssel ersaufen? Selbstmord
by water boarding? Oder sein Fingernogel abreißen und
sich damit die Pulsadern durchschneidn, hä?"

„Hat es alles schon gegeben."

„Obber Ersticken im eichenen Gestank, domit hotsi no
kanner umbracht?"

„Theoretisch vielleicht möglich. Ist uns aber kein Fall
bekannt."

„Obber wurscht wärs scho ah, hä? A Verbrecher dann
wenicher."

„Also, ich bitte Sie. Wir sind ein kultiviertes Land. Die
Menschenwürde ist unser höchstes Gut."

„Geh´ Ivo, des hast jetzt schön gsagt."

„Auf die Menschenwürde is doch gschissn, wennst in
deim eigenen Gestank eingschbert bist."

„Jetzt beruhigen Sie sich doch wieder. Soviel wird da
nicht geschissen. Das Essen im Gefängnis ist eher

spärlich. Da geht man höchsten drei Mal in der Woche aufs Klo, drei Mal, sag ich, höchstens. Ganz wenige Ballaststoffe, verstehen sie? Maximal einhundert bis zweihundert Gramm, mehr nicht."

„Was jetzt? Die Ballaststoffe?"

„Die Wurst ..."

„Also Franz!"

„Also was jetzt?"

„Die Wurst oder das Häuflein, das man macht. Aber wie gesagt, das sind ganz kleine Haufen, eben weil da ballaststoffarm gekocht wird. Kleine Haufen ergibt das nur, hundert Gramm höchstens, wenn mich einer fragen tät. Das kann ja gar nicht so arg stinken."

„Ich hab' ghört, dass a ganz Prominenter zwei Jahre lang hat einsitzen müssen im Gefängnis. Und der hat in dene zwa Johr 20 Kilo abgenommen. 20 Kilo! Des mußt fei erst amol wegscheißn!"

„Aber was! Rechnen Sie doch mal nach. 20 Kilo, das sind 20.000 Gramm und 2 Jahre, das sind 730 Tage. So, und jetzt teilen sie mal 20.000 durch 730. Das macht, warten sie, das macht genau 27 Gramm, pro Tag. Das sind ja noch nicht mal die von mir angenommenen 100 Gramm. Das ist eine verschwindend kleine Menge, vollkommen vernachlässigbar. Verstehen Sie´s endlich?"

„Nix versteh ich. A Furz wiegt gar nix und wie die manchmal stinken! Und 27 Gramm hiegschissen, des is fei scho mehr als so a Fürzla."

„Sie sind unmöglich! Hören sie auf! Das ist doch jetzt geschmacklos."

„Und wie geschmacklos isn des jetzt in einer Zweimannzelle oder in einer Viermannzelle, Herr Leitmayer?"

„Gibt's ja fast gar nicht mehr in Deutschland."

„Fast nicht, heißt gibt's."

„Selten."

„Herr Leitmayer, Sie haben meine Frage nicht beantwortet. Ist das so, ja? Muss sich ein Gefangener vor all den anderen Gefangenen auf die Schüssel setzen und vor denen abkacken? Beantworten Sie mir bitte meine Frage, Herr Leitmayer."

„Ivo?"

„Franz?"

„Des is doch wia Folter!"

„Etz gehns, hörns doch auf. Bei uns gibt´s keine Folter."

„Also Franz, ich hab' da einen Verwandten, hinter dem möcht ich auch nicht auf die Toilette gehen müssen ..."

„... Des kommt davon, weil ihr so viel Knoblauch und Zwiefiln frestz, Ivo."

„Schmarrn. Der hat keine Gallenblase mehr, der verdaut ganz schlecht. Das ist ganz fürchterlich schlimm, sag ich dir. Wennst mit so einem auf einer Zelle liegst, dann leck mich am Arsch."

Sag ich doch: Folter in Deutschland.

15 Fünfundzwanzig

Ich unterrichte zuweilen noch. Erwachsenenbildung in Bremen, fremde Sprache, 6 Stunden am Tag, danach sehr, sehr müde. Ist doch klar.

Wenn ich dann nachmittags um Vier ins Hotel komme, stell' ich das Notebook in die Ecke, häng' den Mantel auf, reiß mir meine Klamotten vom Leib, weißes Hemd und blaue Sonntagshose, schmeiß' die Sachen auf das eine Bett und mich auf das andere.

Dann rüssle ich eine gute Stunde. Und noch im Bett, fast noch im Jenseits, überlege ich mir, wohin ich gleich im Diesseits zum Abendessen gehen werde. Ich kenne in der Hansestadt ein paar sehr vorzügliche Restaurants: der Grieche in der Neustadt zum Beispiel, der Italiener an der Schlachte, oder das Fischlokal Am Wall. Ist die Entscheidung getroffen, stehe ich auf. Das geht bei mir so:

Ich hebe meinen Oberkörper an und ziehe meine Beine zum Bauch, so, dass das ganze Gewicht meines Körpers auf meinen Poppers konzentriert ist. Dann fange ich an mit dem Körper zu wippen, vorwärts, rückwärts, vorwärts, rückwärts und dann schnelle ich plötzlich, wie ein Fisch, geschmeidig aus dem Bett und komme auf meinen beiden Füßen, mehr oder weniger wackelig, zum Stehen. Gebe zu, elegant schaut das nicht mehr aus, eher peinlich, wird auch immer gefährlicher. Um es in der TaiChi-Sprache zu beschreiben: Der alte Walfisch plumpst aus der Kuhle.

Und dann ist letztes Jahr folgendes passiert: Ich stehe auf, wanke zum Schreibtischstuhl, auf dem ich immer meine Freizeitkleider ablege, also Jeans, Shirt, Pullöverli – und sie sind nicht da. Das gibt es nicht. Ich lege meine Freizeitaustattung immer sorgfältig über den Stuhl. Strümpfe und Unterhosen zuunterst, dann die Jeans, darüber das Hemd, durchdachter Aufbau, weil so die Duftstoffe unter den Klamotten am besten gebunden sind. Ausgetüfteltes Prozedere. Aber die Klamotten sind nicht da.

Kurzer Blick in die Ecke, da liegt das Notebook, kurzer Blick auf das zweite Bett, da liegen meine Hose und mein weißes Hemd. Hallo wach, wird's bald! Kurzer Blick zur Garderobe, Mantel ist da, aber der Trolley, den ich immer auf der Garderobe abstelle ist verschwunden. Das gibt es ja nun wirklich nicht. Ich eile ins Bad und sehe nichts. Neccessaire, Zahnbürste weg!

Wie ist das möglich? Gut, im Schlaf wird niemand in mein Zimmer gekommen sein und mich beraubt haben. Das muss ein schöner Trottel sein, der meine Unterhose und meine Zahnbürste klaut. Als ich ins Zimmer kam war ich hundemüde, hab' mich rasch ausgezogen und bin ins Bett gefallen. Da war ich nicht mehr im Bad und habe natürlich auch nicht auf meine anderen Klamotten oder den Trolley geachtet. Was ist da passiert? Mir fehlt eine logische Erklärung, aber das kann nur eine Sache von Sekunden sein.

Und da ist sie schon: wahrscheinlich hat die Hotelleitung der Putzkolonne heute Morgen irrtümlich gesagt, dass ich ausziehen würde und die haben dann meine Sachen eingepackt, weil sie dachten, ich hätte sie vergessen. So war's, so muss es gewesen sein.

OK, der Blutdruck sinkt wieder auf Normalmaß, alles fast schon wieder gut. Zur Rezeption.

„Hallo. Ich bin die Nummer 25. Anscheinend hat mir ihr Zimmerservice meine Kleider und mein Necessaire irrtümlich weggeräumt …"
„Wie bitte?"
Ein bebrilltes junges Fräulein schaut mich irritiert an.
„Also, es ist so: Als ich heute nach der Arbeit ins Zimmer kam, war mein Bad leergeräumt und meine Kleidung war

weg. Wahrscheinlich haben sie den Leuten gesagt, ich würde abreisen und … „

„Nein, so was machen wir nicht. Aber ich schau' gleich mal nach, ob ich ihre Sachen finden kann."

Abtreten.
Ungeduldiges Warten.
Rezeptionistin tritt wieder auf.

„Also bei uns ist nichts hinterlegt. Sie müssen sich irren."
„Wenn ich Ihnen sage, dass in meinem Zimmer mein Necessaire und meine Kleidung fehlen, dann können Sie mir das schon glauben. Ich könnte es Ihnen ja zeigen, aber da werden Sie nichts sehen, fehlt nämlich."

Vielleicht mache ich eine etwas erbärmliche Figur. Nach dem Schlaf schaut man ja manchmal auch noch etwas mitgenommen aus, Tränensäcke und so, Falten in der alten Fresse. Jedenfalls scheint das junge Fräulein Mitleid mit dem alten Mann zu entwickeln.

„Also, das Personal von heute Morgen ist nicht mehr da. Aber ich kann die zuständige Kollegin zu Hause anrufen und sie fragen, ob sie was weiß. Ich rufe Sie dann auf ihrem Zimmer an und gebe Ihnen Bescheid."
„Danke."

Abtreten. Fahrstuhl. Zweiter Stock. Zimmer 25. Ich öffne die Tür.

Auf den ersten Blick sehe ich den Schreibtischstuhl und auf ihm Hemd und Jeans, da ist auch mein Trolley. Das gibt es doch nicht! Ich reiße die Badezimmertür auf, è voilà, mein schwarzer Kulturbeutel, schon etwas gebraucht, schon etwas pomadig, eigentlich längst überfällig, aber er ist da. Ich bin mehr als erstaunt. Wie ist das möglich? Alles steht genau auf seiner Position: die Tube Zahnpasta steckt im Glas, der Kamm liegt daneben, die Zahnbürste befindet sich im Necessaire, mein Allopurinol auch.

Auf den zweiten Blick aber, oh Schreck, oh Schreck, mein Mantel und mein Notebook sind weg! Geht nicht! Gibt´s nicht! Was soll dasdennhierdenndadennda? Da räumt jemand zuerst meine Freizeitkleider fort, Trolley und Badeutensilien und stellt alles dann genauso wieder hin, alles exakt an die gleiche Stelle. Dafür klaut er mir jetzt meinen Mantel und das Notebook. Ok, guter Tausch. Aber innerhalb von fünf Minuten! Das muss doch in der Zeit ausgetauscht worden sein, in der ich an der Rezeption war, das waren doch nur gut fünf Minuten. Wer macht denn so was?

Wer macht so was?

Natürlich, die Leute von der versteckten Kamera, Prominentenderblecken! Nur, ich bin nicht prominent, um ehrlich zu sein, mich kennt keine alte Sau. Aber vielleicht gerade deswegen, vielleicht ist diese Lachnummer einem Prominenten nicht zuzumuten und die haben sich irgendeinen alten Trottel dafür herausgesucht. Wer eignet sich da besser als ich?

Vorsichtshalber sehe ich nochmal genau nach und durchsuche das Zimmer nach Notebook und Mantel. Nicht, dass ich die Sachen, nachdem ist sie heute Nachmittag abgelegt hatte, nochmal berührt hätte, aber zuweilen bin ich etwas huscher puscher (siehe ff.). Geben Sie es doch zu, manchmal machen Sie doch auch komische Sachen, völlig gedankenverloren, um sich dann ehrlich zu hinterfragen: Mensch, bist du deppert? Also schau ich unters Bett, ob ich das Notebook in einem Anfall von Demenz vielleicht darunter verstaut habe, Schmarrn, und gehe nochmals ins Bad, kann ja sein, dass ich meinen Mantel innen an die Badezimmertür gehängt habe, verplant wie ich manchmal bin, natürlich nicht.

Ich muss wieder Meldung machen. Abtreten. Fahrstuhl. Zur Rezeption.

„Ah, Sie haben ihre Sachen wiedergefunden? Ich wollte Sie gerade anrufen. Ich habe unsere Kollegin vom

Zimmerservice erreicht. Die haben natürlich nichts weggenommen."

„Also, es ist jetzt so ..."
Tief durchatmen.
„Meine Sachen sind tatsächlich wieder im Zimmer. Alles genau an seinem Platz. So als wären sie nie weg gewesen."
Ich ernte einen spöttischen Blick: Na siehst Du, alter Mann, alles wird gut. Du musst dich nicht sorgen.
„Aber jetzt sind die anderen Sachen weg."
Das junge Fräulein kneift ihre Augen zusammen, als wolle sie mir sagen: Alter, verarsch mich nicht.
„Hört sich komisch an, gebe ich zu."
„Da kann ich Ihnen jetzt aber nicht mehr helfen."
„Sie haben mir bislang nicht geholfen."
„Ich habe die Kollegin vom Zimmerservice angerufen!"
„Ja, ja, vielen Dank nochmal. Ich schätze das wirklich sehr."

Pause.
Irgendwas muss jetzt geschehen.
Du bis am Zug, Mädchen, sag was. Mir fällt nichts ein.

„Ja, glauben Sie denn, bei uns wird gestohlen?"

„Soll's schon mal gegeben haben in einem Hotel, glaube ich aber nicht. Glaube, dass es sich um einen gelungenen Scherz handelt."

„Solche Scherze machen wir mit unseren Gästen nicht."

„Doch nicht Sie."

„Wer denn sonst?"

„Vielleicht ein paar von meinen Schülern? Vielleicht war es ein Schülerstreich?"

„Kennen die denn ihre Zimmernummer? Und haben die einen Schlüssel zu ihrem Zimmer? Wir geben nämlich keine Zweitschlüssel aus."

„Alles negativ."

„Ja, dann …"

„Nix ja dann. Ich wollte jetzt zum Essen in die Stadt. Geld im Mantel. Mantel weg, Geld weg. Draußen is es saukalt und ohne Geld krieg ich nix zum Essen. Verstehen Sie, was ich meine?"

„Ich fürchte, ich kann Ihnen da leider nicht mehr helfen."

Was macht man in so einer Situation?
Man ruft den Hotel Manager.
„Könnten Sie vielleicht ihren Chef rufen?" frage ich. Und das Fräulein von der Rezeption sagt:
„Natürlich, sehr gerne." Ihrem Tonfall nach meint sie aber eher: Zu was soll denn das gut sein?

Der Hotel Manager ist eine Managerin. Quadratisch, praktisch, engagiert.

Ich stelle mich vor: "Ich bin das Zimmer 25," und erkläre ihr die Situation. Je länger ich erkläre, umso blöder komme ich mir dabei vor und umso mehr zweifle ich an meiner eigenen Geschichte. Totaler Blackout?

Sie ist der Profi schlechthin. Ihrer jungen Kollegin an der Rezeption gibt sie die Anweisung:
„Schauen Sie doch bitte einmal schnell nach, ob der Herr Riediger wirklich in der 25 wohnt."
Was für einen Ersteindruck habe ich wohl auf die Dame gemacht? Ich schaue sie missbilligend an. Sie merkt meinen Unmut.
„Entschuldigen Sie, aber manchmal sind einige unsere Gäste etwas zerstreut."
Hört sich so an, alles wolle Sie mir unterstellen Drogen zu nehmen oder übermäßig Alkohol zu konsumieren. Ich frage: „Kommt das bei Ihnen öfter vor, dass Sachen im Zimmer verschwinden und später wieder auftauchen?"
„Natürlich nicht."

Sie schlägt eine Ortsbegehung vor.
Abtreten. Fahrstuhl.

Im Fahrstuhl fragt sie, wie ich mir denn die Geschichte erkläre.

„Kann ich mir nur so erklären, dass ich zuerst in einem falschen Zimmer war."

„Sind Sie denn mit jemanden auf ein Zimmer gegangen? Waren Sie vielleicht bei einer Dame?"

„Schmarrn."

„Bei einem Herrn?"

„Jetzt aber ...!"

In bin fassungslos. Was mache ich denn für einen Eindruck?

„Wie wollen Sie denn dann in ein anderes Zimmer gekommen sein? Haben Sie noch einen weiteren Schlüssel?"

„Nein."

„Glauben Sie, dass wir unseren Gästen einen Universalschlüssel geben, damit sie sich jeden Tag ein neues Zimmer aussuchen können."

„Nein, natürlich nicht. Ich hob bloß a so a Kärtla."

„Wie bitte?"

„Ich hob nur a Kattn."

„Ich verstehe Sie nicht."

„So a Plastikkärtla, also den Schlüssel halt, ich habe nur einen erhalten." (Wenn ich aufgeregt bin, verfalle ich oft in meinen derben fränkischen Dialekt.)

Vor der Fünfundzwanzig ziehe ich mei Plastikkattn aus der Tasche, halte sie gegen die Tür, ein grünes Lämplein leuchtet auf, es macht summ und die Zimmertüre öffnet sich.

„Sehen Sie, wie ich sagte: die 25 ist es." Sage ich etwas beleidigt. „Bitte gehen Sie voraus. Sie finden meine Kleidung auf dem Schreibtischstuhl, das Necessaire im Bad. Ich probiere einstweilen den Schlüssel bei den anderen Türen ringsum."
„Das können Sie sich sparen."

Ich probiere den Schlüssel aber doch. Doch, doch, doch. Er passt nirgends. Nicht links und nicht rechts von der 25 und auch nicht auf der anderen Gangseite bei den geraden Zimmernummern.
„Dann können wir mit Sicherheit sagen," meint die Chefin, „dass sich das Drama auch hier in der 25 abgespielt hat."
„Hab´ ich jemals was anderes gesagt? Ist aber kein Drama. Ich finde immer noch, dass es sich eher um eine Komödie handelt. Aber was mach ich denn jetzt? Ich habe Hunger, kann aber nicht essen gehen, weil kein Geld und keinen Mantel. Morgen soll ich unterrichten, habe aber kein Notebook."
„Also das mit dem Essen ist kein Problem, ich lade Sie in unser Restaurant ein …"

Das glaubst aber auch bloß du, Hase. Danach willst Du mich trösten und dann willst du mich vernaschen, im Zimmer 25, nö, nö, nö ...

„Ich hätte heute noch ein Geschäftsessen mit meinem Chef gehabt ..."

„Das wird jetzt wohl nichts. Überlegen Sie es sich. Ich kann Ihnen leider keine Gesellschaft leisten. Die Familie wartet. Hab' eigentlich schon Schluss. Aber jetzt muss ich doch noch auf die Polizei warten

„Polizei?"

„Ja natürlich, ich ruf jetzt die Polizei an. Nach allem was Sie sagen, sieht es ja wohl nach einem Diebstahl aus."

„Aber nein, das ist ein Scherz."

War kein Scherz. Sie hat wirklich die Polizei gerufen. Es kamen zwei Männer in Uniform, ruhig, gelassen, erfahren, muss ich sagen, Topleute. Und da saßen wir dann an einem Tisch in der Lobby und ich habe meine Geschichte nochmals von mir geben müssen.

„Sie werden mir das jetzt nicht glauben, aber es ist jetzt so ... ., ...! .... ?"

Während ich erzähle, scharen sich einige Hotelgäste um uns. Klar, da sitzt ein Männlein mit einem hochroten Kopf, einer der offensichtlich gerade von der Polizei beim Klauen oder sonst was erwischt worden ist und jeder will hören, was mit dem jetzt passieren wird. Das ist keine schöne Situation.

Ich versuche cool zu bleiben. Der Versuch misslingt. Ich scherze mit den Polizisten, möchte die Meute um uns herum glauben machen, dass ich auch einer von der Polizei bin, ein Kriminaler in Zivil. Komme mir aber immer mehr wie ein Krimineller vor.

„Das ist doch klar," cooled der eine Schander, „Sie waren zuerst in einem anderen Zimmer."
„Das ist auch meine Meinung," sage ich, als verdächtiger Räuber. „Kann aber nicht sein. Ich habe doch meinen Schlüssel in all den anderen Zimmern um die 25 herum ausprobiert."
„Das werden wir gleich haben." Er steht auf, gibt der Hotelmanagerin ein paar Anweisungen, diese zischt ab, er kommt zurück, mit einem siegessicheren Lächeln im amüsierten Gesicht.

„Was ist jetzt?"
„Ich habe der Dame vom Hotel gesagt, sie soll in den anderen Zimmern nachsehen. Und zwar in allen fünf Stockwerken des Hotels. 53, 55, 57, 54, 56, 58, und so weiter. Ist doch klar: Manchmal steigt man im falschen Stock aus, da muss man gar nicht selber schuld sein.

Vielleicht hat ein anderer Hotelgast den Fahrstuhl gerufen und ist dann doch zu Fuß gegangen und Sie sind im falschen Stock ausgestiegen. Ist doch alles nicht so schlimm."

Ich bin nicht im falschen Stock ausgestiegen!
Ich habe keinen Schlüssel zu einem anderen Zimmer!
Ich Riediger, ich 25!

Ich bin wirklich nicht im falschen Stock ausgestiegen. Ich bin auch der Mann aus dem Zimmer 25. Aber ich bin tatsächlich ins falsche Zimmer gegangen und habe dort eine gute Stunde in einem fremden Bett gepennt. Im Zimmer 23. Wie konnte das sein?

Ganz offensichtlich hatte ich, transusig wie ich nach getaner Arbeit war, das Zimmer verwechselt und gerade bei diesem Zimmer war die Tür zufällig nicht richtig eingeschnappt oder vom Computer noch nicht wieder elektronisch gesperrt worden. Wie auch immer.

Man stelle sich vor, es wäre bewohnt gewesen und ein fremder Mensch wäre im Bett gelegen? Hätte ich mich dazu gelegt?

Das könnte der Anfang einer neuen Geschichte sein.
Spinnen Sie sich doch selber mal was zusammen.

16 La Dolce Vita

Haben Sie von der weißen, über 20 Jahre alten Araber-stute Jenny aus Fechenheim gehört? Das Tier startet jeden Morgen zu einem Spaziergang durch die Stadt, sieht sich Schaufenster an, lässt sich streicheln, schleckt alte Freunde ab und genießt seine Berühmtheit. Am Halfter trägt das Pferd einen Zettel, der es ausweist: „Ich heiße Jenny. Bin nicht weggelaufen. Gehe nur spazieren. Danke." Nachmittags geht es von selber wieder heim, nachdem es mehr als 20 Kilometer zurückgelegt hat.

Wie geht das? Keine Ahnung. Aber das Verhalten dieses Tieres regt mich dazu an, mir Gedanken über den Sinn des Lebens zu machen. Woher kommst du, wohin gehst du? Das ganze Programm. Und ich bin zu dem Schluss gekommen, dass in dem Gaul eine Menge menschlicher Gene stecken muss, weibliche natürlich, denn wie kann man sonst erklären, dass ein Pferd jeden Tag einen Schaufensterbummel macht?

Das Verhalten dieses Pferdes erinnert mich stark an das Verhalten meines alten BMW. Er kam frisch aus dem Werk und im Laufe der nächsten 360.000km haben wir ein sehr zärtliches Verhältnis zueinander entwickelt. Ich habe mit ihm während der Fahrt oft gesprochen. Wenn ich um ihn herumgegangen bin, abends, wann immer wir zu Hause wieder gut angekommen sind, habe ich manchmal zärtlich seine Rücklichter berührt, ihm praktisch einen Klapps auf die linke Arschbacke gegeben. Und er? Er hat natürlich nicht mit mir gesprochen. Glauben Sie denn ich höre Stimmen? Ich bin doch nicht schizo. Aber verstanden hat er mich, stolz war er, dass ich ihn gefahren bin und kein anderer. Und er hat mir meine Freundschaft gedankt. Nur zwei Mal ist er während unserer zehnjährigen Beziehung unterwegs stehen geblieben, aber nie, wenn ich ihn gefahren habe, bei mir hätte er das nie gemacht, er konnte mir nicht weh tun, immer saß meine Frau am Steuer.

Nach zehn Jahren und 320.000 Kilometer wollte ich ihn in Zahlung geben. Ich habe es ihm erklärt und er hat es verstanden, er hat ja meine Tränen gesehen. Denn ich habe nicht vergessen wie viele schöne Stunden ich mit ihm verbracht habe, wie intim ich in ihm gewesen bin, wie oft ich Liebe auf seinen Rücksitzen gemacht habe. Oder tausendmal gepupst, ohne einen einzigen Vorwurf. Ich denke auch an die vielen heißen Diskussionen, die wir führten, weil ich immer und immer wieder hohe Bußgelder für ihn bezahlen musste, wenn er wieder einmal zu schnell gefahren war. Autos verstehen eine Inzahlungnahme, denn das ist natürlich ihr Schicksal. Ein Auto, das nicht mehr in Zahlung genommen wird, hat einen schlechten Job gemacht. Aber dann hat er mir den Gedanken vermittelt, dass er lieber noch ein bisschen von meiner Tochter gefahren werden möchte, als deren erstes Auto, bis sie genug Erfahrung im Umgang mit Automobilen hätte. Und so haben wir es dann auch gemacht.

Das war für ihn eine Riesenfreude! Er, der alte Sack und sie das junge Mädchen! Da ist er mit ihr bis nach Prag gefahren. Gesagt haben sie mir vorher nichts, wegen meiner Ängste und so, aber so viel Spaß haben sie gehabt und gesund sind sie zurückgekommen, obwohl sich sein Motor nur noch abschalten ließ, wenn man vorher den Rückwärtsgang einlegte. Was für ein treuer Freund. Als es dann doch hieß Abschied zu nehmen, vergoss ich viele Tränen, er viel Öl, dann Motorschaden.

Wie geht das? Wie ist es möglich, dass Tiere oder tote Gegenstände so ein Verhalten an den Tag legen können? Warum fragen Sie schon wieder? Ich sagte doch schon, ich weiß es nicht. Aber mir schwant etwas! Auch in meinem BMW müssen sich menschliche Gene, jetzt natürlich männliche, befunden haben.
Und wie sollen die da reingekommen sein?

Im Fall von Jenny, dem Pferd, ist das einfach zu erklären. Bei Tieren geht das meist über die Nahrungskette. Eine

Bäuerin arbeitet auf dem Feld mit ihren schweren Maschinen. Ein Unfall passiert. Blut fließt. Blut sickert in den Boden. Graswurzel saugen das Blut auf ... und jetzt kommt Jenny, frisst das Gras und nimmt somit einen winzigen, aber wichtigen Teil der Bäuerin in sich auf. Auf diese Art und Weise gelangt menschliche DNA in Jenny, die daraufhin selbstverständlich ihrerseits menschliche Züge entwickelt. Fertig, so einfach.

Und bei meinem Auto? Das ist noch einfacher zu erklären. Stellen sie sich einen Hochofen vor, in dem Stahl für den Karosseriebau gefertigt wird. Wenn da ein Unfall passiert und einer reinfliegt! Und dann beim Stanzen der Karosserie, da ist schnell mal ein Fingerchen weg, alles im Auto verbaut.

So ist es ja dann auch beim endgültigen Abschied. Denken Sie mit: Meine Urne wird einmal im feuchten Boden versenkt werden. Urne löst sich auf. Asche gerät in den Boden. Die Wurzeln eines fruchttragenden Bäumchens saugen mich auf und ein Vögelchen nascht an der Frucht. Alle Vögel fliegen hoch, über die Alpen ins Winterquartier. Die Feinschmecker aus Italien fangen das süße Vögelchen und bereiten daraus ein köstliches Mahl. So gelangen meine Gene in den Köper einer 17-jährigen ragazza (heiß wie die Hölle, schwarz wie der Teufel, unschuldig wie ein Engel und süß wie die Liebe).

Ich niste mich in ihr ein und werde ihr treuer Freund und Ratgeber.

Und schon nimmt das Leben der jungen Schönen einen erfolgreichen Verlauf. Keiner langt sie mehr an, ohne vorher die Steuererklärung seines Papas vorzulegen. Sie heiratet daher einen reichen Milliardärs Sohn, wobei ich es so einrichten werde, dass unser lieber Schwiegervater gleichzeitig der Besitzer eines großen Weingutes ist. (Ein wenig darf ich schon auch an mein Wohl denken). Und wenn wir nicht gestorben sind, so lebe ich in vielen, vielen süßen bambini weiter. Das ist der Kreislauf des süßen Lebens.

Kommen sie mich mal in Italien besuchen.

17 Wir Ausländer

Neulich in Berlin-Mitte: Vom vielen sight-sehen waren die Absätze von meinen Schuhen ziemlich abgelatscht, und weil im Haus neben meiner Unterkunft ein Schusterladen war, entschloss ich mich, meinen Schuhen neue Absätze zu gönnen. Muss dazusagen, es handelte sich um einen türkischen Schuster und zu Türken gehe ich sehr gerne, Frisör sowieso: Ehrliche Arbeit, günstig, und auch immer netter menschlicher Kontakt. Ahmet hieß der Meister, und so sah er auch aus. Konnte seine Herkunft nicht leugnen, wollte das auch gar nicht. Ahmet ist die türkische Form des arabischen Ahmad und bedeutet „lobenswert, hochgelobt". Vor dem verdienten Lob gab es allerdings ein paar Verständigungsprobleme.

„Kenna Sie mir die Schuh rebariern? Die breicherten naie Absätz. Abglatscht vom sight seeing, wissens scho?"
„Ditte ha ick jetz nich verstandn, wa."
„Schuhe. Kaputt. Neue Absätze."
„Ditte seh ick, dass die kaputt sinn. Die brauchn neue Absätze."
„Hobi doch gsocht. Geht dess hait no? Konni drauf wattn? "
„Wattn? Wattn, wattn?"
„Woss?"

„Ich habse leider wieda nich verstanden. Sie müssen Deutsch mit mir reden, wa."

„Warten. Ob ich auf die Reparatur warten kann?"

„Klar kannste druff wattn. Mach ick dir sofort. Wir Ausländer müssn zusammenhalten, wa."

„Ausländer?"

„Na klar, Männeken, ditte hab' ich doch sofort rausjehört, dass de ehn Ausländer bist. Da kannste mir nix vormachn. Den scheiß Dialekt musste dir abjewöhnen, wa. Die Deutschen mögen die Ausländer nich so sehr gerne, wehste."

„Ich bin aus Franken."

„Hab ick mir schon jedacht. Kenne ick. Letztes Jahr wollt ich ohch mal dahin fahrn, wa. Mit meiner Ollen, direkt in eure Hauptstadt, gleich nach Paris, wehste. Hat dann aber nicht jeklappt, wa. Schade."

Wie gesagt: Sehr gute Arbeit, günstig, besonders lobenswert.

18 Im Bett mit Michael Jackson

Meine Mutter ist natürlich nicht die einzige Frau gewesen, die von einem Ami oder sonst wem sitzen gelassen wurde. Ach was, Hundertausende! So musste es in meinem Leben unweigerlich auch zu einer Begegnung mit einer Mutter kommen, die ebenfalls verzweifelt einen Vater suchte für ihren Bankert; in dem Fall mich. Schuld war meine Gutmütigkeit.

Ich gebe nichts. Grundsätzlich nicht. Nicht an der Haustür, wer immer da auch steht, keine Haustürgeschäfte. Nicht auf der Straße, wer immer da auch bettelt, zu viele Profis. Ich habe es mir zur Angewohnheit gemacht, dort zu helfen, wo ich persönlich Not sehe, also im Bekanntenkreis, in der Nachbarschaft, im Ort. Kann jetzt keine Beispiele nennen, denn rechte Hand soll bekanntlich nicht wissen, was linke Hand tut, und wenn es meine rechte Hand schon nicht wissen soll, dann Sie ganz bestimmt nicht. Folgendes:

An einem kühlen Herbstabend habe ich am Frankfurter Flughafen einen Afrikaner getroffen, den ich aus dem Hotel kannte, in dem ich immer absteige. Serge hieß der Mann, er war aus Togo und war mal Shuttlefahrer, Laufbursche, Reinigungskraft. Schlecht bezahlte Jobs halt. Weil wir ab und zu ein paar Höflichkeitsfloskeln austauschten, erkannte er mich auch. Serge wies ein paar Taxis ein. Mit Trillerpfeife und mit ausladenden Armbewegungen gab er den Taxifahrern zu verstehen, dass sie weiter vorfahren könnten, weil ein besserer Standplatz frei geworden war.

„Hallo, Serge. Was machst denn du hier?"
„Verdiene mir ein paar Euro dazu. Hat Freundin gesagt muss ich machen. Haben zu wenig Geld im Monat, weißt du? Freundin hat Kind, großen Sohn, ist aber nicht von mir, ist von deutschem Mann. Hat ihn aber rausgeschmissen, weil nicht guter Mann."
„Lebst du mit einer deutschen Freundin zusammen?"
„Ist nix deutsch. Ist auch Afrikanerin. Kommt auch aus Togo. Schöne Frau. Kennst du, hast du bestimmt schon gesehen, Kelly, arbeitet auch im Hotel, ist Küchenhilfe, kochen, saubermachen und so."

Alle Afrikaner die ich kenne sind ausgesprochen fröhliche, nette Menschen. Der Anblick eines Afrikaners an einem deutschen Großflughafen an einem kalten Herbstabend bei Hochnebel und feinem Sprühregen ist deprimierend, ein jämmerliches Bild. Da hat er mir leidgetan, der Serge. Musste jeden Morgen um 5 Uhr aufstehen, dann fast eine Stunde mit dem Bus über Stock und über Stein zur Arbeit, acht Stunden malochen und dann noch zwei Stunden am Flughafen Taxis einweisen. Ich wollte helfen.

„Kann ich dir irgendwie helfen?"

„Nein, kannst du nix helfen. Aber danke."

„Wie lange musst du denn hier noch arbeiten?"

„Bin schon fertig. Höre gleich auf. Muss noch einkaufen."

Plötzliche Eingebung. Hier spricht dein gutes Gewissen: „Du, pass auf, dann machen wir das so. Ich gehe mit dir einkaufen, du füllst den Wagen und ich bezahle. Dann könnt ihr euch was sparen und mit dem ersparten Geld mal ausgehen."

Serge hat das Angebot sofort verstanden. Er hat sich nicht geziert, seine Augen funkelten. „Wirklich? Willst du das machen?" Ja, klar. Genau so etwas mache ich. So bin ich. Ich gebe gern und großzügig.

Und so haben wir es dann auch gemacht. Wir fuhren vom Ankunftsgebäude des Flughafens mit der Rolltreppe hoch zum Fernbahnhof. Dort gibt es einen Rewe, rechts, bevor man mit einer weiteren Rolltreppe zum Squaire hochfahren kann. Serge füllte den Korb mit Verstand: Lebensmittel, Haushaltsartikel, vom Klopapier bis zur Zahnpasta, und frisches Fleisch. Zum Schluss fragte er, ob er noch eine Flasche Whiskey dazulegen dürfe. „Ist ein bisschen teuer, aber gut für Kuscheln", sagte er und seine weißen Zähne blitzten lüstern-frech auf: „Neger schnackseln gern." (Hat die Fürstin gesagt.)

Dann habe ich längere Zeit nichts mehr von Serge gesehen. Ich kam erst wieder vier Wochen später nach Frankfurt und er war nicht da. Vielleicht krank, vielleicht im Urlaub, ich konnte mich nicht kümmern, musste arbeiten. Einen Monat später dasselbe. Bis ich an der Hotelrezeption eine Afrikanerin stehen sah, eingemummelt in einen dicken Pullover, weiten Arbeitskittel, mit weißer Haube auf dem Kopf, sehr drall und sehr prall. Sie hatte wohl den beiden Empfangsdamen einen kleinen Imbiss aus der Küche gebracht. Als ich an der Reihe war, lachte sie mich an (Afrikaner lachen immer):

„Du bist Mr. Manfred. Serge hat mir gesagt, wer du bist und was du gemacht hast. Ist mir weggelaufen, mein Serge. Winter zu kalt in Deutschland. Ist zurück nach Afrika. Jetzt bin ich wieder allein mit meinem Sohn."
„Oh, das tut mir leid."
„Du musst mich besuchen kommen. Du hast so viel für uns eingekauft. Ich kann für uns kochen."
„Das geht leider nicht. Schickt sich nicht."
„Schickt sich nicht?"
„Ist nicht in Ordnung. Ich bin verheiratet. Ich kann keine alleinstehende Frau besuchen."
„Ta, ta, ta! Schickt sich schon. Ist mein Sohn zu Hause, ist wie Anstandswauwau. Kommst du heute Abend, Mister Manfred."

„Tut mir wirklich sehr leid. Ich mache so etwas nicht. Ich bin ein anständiger Mann."
„Neunzehn Uhr, Mister Manfred."

***

Die Tür ging auf und da stand sie: Leck! Mich! Fett!
Wie von der Natur gerade eben aus dem Milchbade gehoben. Es war ja das erste Mal, dass ich sie in zivil gesehen habe, nix Arbeitsklamotten, nix schmutzige Schürze über ausgeleiertem Pulli, alten Latschen und Kopftuch. Knusprig-üppiges Schokoladenpüpü war in einen Hauch von kanariengelbem Stöffchen gehüllt: Oben nicht viel, unten nicht viel mehr. Das Kleid jetzt. Aber sie schon: Oben massenhaft, gigantisch, intergalaktisch, out of this world! Wie zwei Heißluftballone, die in der Abendsonne gen Himmel stiegen. Aber nix vulgär oder nuttig, nix flittchenhaftes, einfach atemberaubend bezaubernd.

Und dann der Arsch! Von Frankfurt bis Darmstadt, linke Arschbacke jetzt, und über Mannheim zurück nach Frankfurt, rechte Seite. Damit wir uns aber nicht falsch verstehen: Jedes bisschen weniger wäre ein großer Makel gewesen, aber auch nur ein kleinwenig mehr wäre dann doch zu viel auf einmal, mit anderen Worten: Genau richtig! Von angenehmer Schönheit das ganze Angebot.

Sportlich, flott, elegant, schick. Wie es sein soll. Einfach schöner Anblick.

Und damit Sie mir glauben, dass die reine Ästhetik aus mir spricht, eine Anleihe aus einem sehr alten, sehr guten Buch, welches an einer bestimmten Stelle das Aussehen meiner Gastgeberin wie folgt beschreibt:
„Ein schwarzes Mädchen ist sie, aber anmutig ... Lieblich sind ihre Wangen zwischen ihren Haarflechten ... Wie eine Lilie unter dornigem Unkraut, so ist sie ... Ihre Augen sind Taubenaugen, ihr Haar ist gleich einer Herde Ziegen, ihre Lippen sind wie ein Karmesinfaden, ihr Hals wie ein Elfenbeinturm, ihre beiden Brüste sind wie zwei Junge, die Zwillinge eines Gazellenweibchens, das unter den Lilien weidet. Ihre Haut ist ein Paradies von Granatäpfeln. Sie ist ganz und gar schön, es ist kein Makel an ihr. Von Wabenhonig triefen ständig ihre Lippen. Honig und Milch sind unter ihrer Zunge ... Mit einer Stute an den Wagen Pharaos ist sie zu vergleichen."

Oder wie man das heute auf den Punkt bringen würde: Einfach saugeil!

Rabbadab, dabdab, dabbadab, rabbdab, rabbadab!

Erinnern Sie sich? Michael Jackson im Remember-the-time-Video. Als er die Gemahlin des Pharaos erblickt. Da fallen ihm auch die Glupschaugen raus, so schön war der ihr Anblick gewesen. Und in genau diesem Augenblick vergisst er seinen Text und kann nicht mehr weiter singen, stottert nur noch dieses:

Rabbadab dabadab, dabbdab, rabbadab, hi, hi! Au!

Beschreibt aber jetzt meinen momentanen Gefühlszustand am besten: Einfach hin und weg. Was heute Abend auch noch kommen mag, ich mag auch kommen.

„Komm doch rein, Mister Manfred. Der Tisch ist schon gedeckt."
Ich sage nichts. Kann nichts sagen. Bin sprachlos.
„Warum grinst du so, Mister Manfred?"
Warum wohl, warum?
„Sag doch was, Mister Manfred."
Kann nichts sagen, du Dummerle. Bin doch sprachlos.
„Was hast du da in der Hand, Mister Manfred?"
„Flasche. Flasche voll. Äh, das ist eine Flasche. Klar, ja, also die Flasche. Ich habe eine Flasche Wein mitgebracht."
„Dann mach sie mal gleich auf, wenn du Wein willst, Mister Manfred. Bei mir gibt es nämlich keinen Wein. Ich trinke fast keinen Alkohol. Nur manchmal ein bisschen Whiskey. Zum Kuscheln."
„Zum Kuscheln?"
„Ja, nach dem Essen. Sagt man doch so, kuscheln, oder?"

„Ähä, ja."

Rabbadab, rabbdad, jabadab, dabdab, rabadabadu!

„Darf ich dir zuerst meinen Sohn vorstellen? Er ist 7 Jahre alt und heißt Winny. Er wird mit uns zu Abend essen und danach gleich auf sein Zimmer gehen und uns nicht weiter stören."
Hübsches Bübchen, Afrolook, Stupsnase, freundliches Gesicht.
Er: „Hi, Manfred."
Ich: „Hi, Winny-Bankert."
Nein, das sage ich natürlich nicht. Denken tu ich es mir, aber sagen tu ich: „Hi! Ich Manfred, du Winny." Das ist cool.

Und da sitzen wir also am gedeckten Tisch. Der Kollege Bankert mir gegenüber. Sie neben mir. Und ich muss sie immer wieder anglotzen. Was anderes ist es wirklich nicht. Ich glotze sie an. Ihr Gesicht ist einfach Klasse, natürlich hübsch, ehrlich, positiv, fröhlich, einladend. Herrliche Augen, also die richtigen Guckaugen jetzt. Dunkelbraun und riesengroß, Marke: Damit ich dich besser sehen kann. Volle Kusslippen und eine geschmeidige Zunge mit der sie ab und zu ihre Lippen befeuchtet (rabbadab), und herrliche, kohlrabenschwarze, großgelockte Haare. Aber das hatten wir ja alles schon mehrfach.

„Was guckst du? Hast du noch nie eine Frau gesehen, Mister Manfred?", kokettiert sie und beugt sich zu mir herüber. Danke, danke, danke, denn sie bietet mir einen sehr tiefen Einblick in ihr dramatisch tiefes Dekolleté. Gleichzeitig langt sie mir gastfreundlich mit ihrer rechten Hand auf meinen linken Oberschenkel und ich fühle deutlich jeden einzelnen Fingernagel tief in meiner Haut, als sie ihre Hand auf meinem Oberschenkel ein wenig auf und ab gleiten lässt. She knew how to play her cards.

„Oh! Hi, hi!", lacht sie schrill und äußerst erheitert.
„Das war mein Autoschlüssel", sage ich schamhaft, aber nicht ganz ohne Stolz.
„Hast du aber ein großes Auto", kichert sie amüsiert.
„Damit müssen wir aber noch ein bisschen warten. Erst einmal musst du dich stärken."
„Yes!" Stärken, stärken, stärken, gut essen, gut trinken und dann: Rabadad, dabdab, dabbadab, rabadabadu!"

„Sprichst du das Tischgebet, Mister Manfred?"
„Hä?"
„Das Tischgebet."
„Hä?"
„Wir beten immer vor dem Essen. Wir wechseln uns ab, einmal bete ich, einmal mein Sohn. Aber heute haben wir ja dich zu Gast. Da würde es uns freuen, wenn du mit uns betest?"

„Ähäääää, hä?"

Mein Autoschlüssel Marke Sechser-BMW schrumpft auf die Größe eines MINIs.

„Betest du nicht vor dem Essen?", fragt mich Winny.

„Nicht so oft, weißt du." Eigentlich gar nicht. Ehrlich gesagt überhaupt nie nicht.

„Kannst du nicht beten?"

„Klar, doch …"

Die beiden sagen nichts mehr. Sitzen da, mit geneigten Köpfchen und verschränkten Fingern, stellen mich vor vollendete Tatsachen und ich höre mich einen Kommentar zu Römer 1:20 sprechen (nur damit Sie es wissen und nicht denken, dass ich ganz blöd bin) und ich erzähle was von dem großen Schöpfergott, der alles so wunderbar erschaffen hat und durch dessen Werke wir seine Existenz erkennen und seine Schöpfung ist so großartig und gut, aber auch sehr schmackhaft und deswegen freuen wir uns alle, dass wir hier sind und so viel zu essen und zu trinken haben. Punkt um. Oder eben Amen. Beide schauen mich an. Lächeln anerkennend. Und sie beugt sich wieder zu mir, streichelt gewogen meinen Oberschenkel und gewährt neue Einblicke in ihr Angebot an üppigen Früchten: der Nachtisch lockt.

Während des Essens (Springbock in Chilisoße) erzählt sie mir etwas von Winnys Vater: „Hab' ich rausgeschmissen, schlechter Mann, hat zu wenig Geld nach Hause gebracht, kümmert sich nicht um Sohn, aber immer viele seine Freunde bei uns, mussten anschauen wie schöne Frau er hat. Winny braucht Vater, muss jemand in die Schule gehen, wenn es Probleme gibt. Brauche ich auch Mann, du verstehst." Ei Freilich.

Nach dem Essen wurde Winny-Bankert in sein Zimmer verabschiedet. Er umarmte mich vorher artig und ich musste versprechen, dass ich wiederkomme.

„Ich mache uns zwei Whiskey, Mister Manfred."
Rabadab.

Dann auf die Couch. Schwarze Haut auf weißem Leder.
Rabadab dabdab.

Dann spüre ich ihren Whiskey auf meinen Lippen.
Rabadab dabdab dabadab.

Dann sucht ihre Hand mit diesen langen, schlanken Fingern nach meinem Autoschlüssel.

Rabadab dabdab dabadab rabadabadu. Hihi!

Und dann große Psychologie! Leck mich fett!

In dem Moment, wo mich ihre Hand berührt, empfinde ich einen schmerzhaften Krampf, unten, im Süden meines Körpers. Aber nicht dort, wo du jetzt bestimmt denkst, sondern an meiner rechten Hand, die mittlerweile der Situation folgend, also quasi Sachzwang und somit entschuldbar, auch nach unten geglitten ist. Der Ringfinger meiner rechten Hand ist es, der sich verkrampfen tut. Dort, wo sich eigentlich mein Ehering befinden müsste. Habe ich aber vorher schon abgelegt, bin ja nicht blöd. Dennoch starker Phantomschmerz.

„Was iss, Mister Manfred?"

Und da kommt mir plötzlich der Ritchi in den Sinn. Immobilienmakler in Mannheim, zumindest war das meine letzte Information. Aber vorher Irish-Pub-Besitzer in Neustadt an der Weinstraße. „Novalis" hieß die Kneipe, unsere zweite Heimat. Mit „uns" meine ich jetzt meine Studienkollegen und mich. Im Novalis haben wir oft abgefeiert bis zum Zapfenstreich und länger. Und da hat der Ritchi einmal gesagt, und er muss es wissen, weil Kneipiers große Menschenkenner: „Alla, hähr amol, ich muss eich amol wos sache: Also der Manni, der kennt se alle habbe, die Mädls, die sinn alle in ihn so rischtisch verknallt, wenn ichs euch doch sach. Der Manni iss so natiehrlisch und des gefällt denne. Und dann lässter se alle zabbln und dess macht die Mädls völlisch verrickt, alla, wenn ichs euch doch sach. Abber der Manni, der tut dann nix. Der kann garnix tuhe. Und wehster warum der dene nix tuhe kann? Dess is weche dem seim Vadde. Weil der sei Mudde aloh gelosse hod."

„Mister Manfred, komm´ jetzt. Erobere das schwarze Land."

Genau!

Aber geht nicht, weil sich jetzt meine Zwillinge einmischen. Bin nämlich unter dem Sternzeichen Zwilling geboren und ach, zwei Seelen wohnen ach in meiner Brust, das gute und das schlechte Gewissen sozusagen, quasi der Gutmensch in mir und das Arschgesicht.

Und das Arschgesicht in mir sagt: „Jetzt stell dich doch nicht so furchtbar blöd an, Depp! Auf sie mit Gebrüll! Sie sagt's doch selber. Erobere das Land! Diese wunderbaren Hügel und diese tiefen Senken, diese fantastischen Berge mit ihren spitzen Gipfeln, diesen üppigen, dunklen Dschungel und diese irrsinnigen Feuchtgebiete. Wir stammen doch aus dem Ried, dafür steht doch unser Name, zeig ihr, dass du der Herr der Feuchtgebiete bist."
Recht hat er! Und ich setze an zum Sprung:

Rabadab dabdab dabadab rabadabadu! Hihi!!

Au!!!

Da habe ich aber die Rechnung ohne den Gutmenschen in mir gemacht. Und mein gutes Gewissen kontert:

„Halt die Fresse, du dumme Sau! Wir sind zwar situationsbedingt gerade hochgradig erregt, aber wir sind noch lange nicht so verantwortungslos wie dieser unser Arschgesichtsvadder, dem nichts heilig war. We are not the prisoner of the pecker! Wir haben Prinzipien und Familie!"

„Mister Manfred?" (Gurrend)
„Tut mir leid." (Außerordentlich bedauernd)

Ich stehe auf und verlasse das Zimmer, gehe über die Türschwelle, ziehe die Arschkarte und schau mich nicht einmal mehr um, denn Afrika ist so schön, man möchte verweilen, um sich ein wenig zu erquicken.

And I hear the man singing:
Rabadab, dabdab, Deppdepp, depperter Depp, blöder Depp, Volldepp, Superdepp, Mannidepp, Hi, Hi!

19 Auf der Suche

Einen Tag nach meiner Geburt hat mein Vater meine Mutter verlassen. Sie wissen es.

Mein Vater hieß Larry von Tesmar. Von Tesmar, alter westpreußischer Adel. Ich könnte also Manfred von Tesmar heißen, meine Tochter Daniela von Tesmar, mein Sohn Matthias von Tesmar und meine Frau Waltraud von Tesmar; die würden sich nicht mehr einkriegen vor Eitelkeit. So aber ist es bei Riediger geblieben. Wissen Sie noch, was dieser Name bedeutet? Er bedeutet „aus dem Moor." Und immer, wenn ich gefragt werde „Wo kommst denn du jetzt auf einmal her?", liegt es mir auf der Zunge zu antworten: „Aus dem Moor." Tu's aber nicht, weil ich fürchte es kommt postwendend die Antwort: „Genauso schaust du auch aus."

Wissen Sie, auf wen der Name von Tesmar zurückgeht? Nee, ne? Auf Heinrich von Dusemer (1280–1353), ursprünglich Franke, liegt jetzt aber in Marienburg, südlich von Danzig. Dusemer war Begründer und Großmeister des Deutschritterordens. Zweifelhafter Ruf heute, aber immerhin interessante Verwandtschaft.

Meine Halbgeschwister - ich habe zwei, eine Halbschwester in Florida und einen Halbbruder in Chicago - heißen aber auch nicht von Tesmar. Das ist nicht so, weil sie bei der Heirat den Namen gewechselt hätten, sondern weil ihre Mutter vor Scham über das Arschgesicht den Familiennamen geändert hat. Als mein Bruder heiratete und seine Flitterwochen im Ausland verbringen wollte, benötigte er einen Pass. Das wiederum war Anlass für seine Mutter, den Namen von Tesmar abzulegen und auf Rudnick zu ändern.

Woher ich das alles weiß? Also gut, dann erzähl' ich's halt von Anfang an.

Irgendwann, ich glaube, ich war Mitte vierzig, riet mir ein alter Biergartenfreund, mich doch endlich um meine amerikanische Linie zu kümmern und Nachforschungen anzustellen. „Du stellst dich doch sonst nicht so an! Da gibt es doch bestimmt Hilfsorganisationen. Du bist doch kein Einzelfall, googel halt mal."

Tatsächlich findet man im Internet einen Internationalen Sozialdienst, der sich um das „vaterlose Kind" kümmert; in Frankfurt ist der. Habe angerufen, das Telefon klingelte nur kurz, eine freundliche Frauenstimme wünschte mir einen guten Tag und fragte:
„Was kann ich denn für Sie tun?"

„Können Sie mir helfen, meinen Vater zu finden?", fragte ich. Das fand sie urkomisch und fing an, lauthals zu lachen, weil ich mich verwählt hatte.

„Endschuldign se jetzt biddeschön, dass isch so blöd lach. Abber dess hat jetzt so komisch geklunge. Wissense, bei mir sinnse falsch, abber ich wees wehn se mehne. Da sinnse net der Erschte der mei Nummer falsch ohgewählt hat, isch gebb Ihne amol die rischtische Nummer."

Danke.

Bei der richtigen Nummer hat es dann gleich gut geklappt. „Wir haben einen Mittelsmann in Chicago, sehr zuverlässig, den schicken wir auf die Suche, wenn Sie uns bitte 50 Dollar überweisen. Sie hören dann wieder von uns." Es war der 1. März 1996.

Bevor ich wieder etwas von dieser Organisation hörte, wurde ich selber im Internet tätig. Ich besaß einen Fetzen Papier, auf dem mein Vater seine Vaterschaft bestätigt hatte („I am the father of Gretl Riedigers son.") Außerdem kannte ich seine letzte Anschrift in Chicago, letzte heißt 1953. Dort zog er angeblich hin, als er nach Amerika zurückkehrte. An diese Adresse hatte meine Mutter auch nach meiner Geburt noch schmachtende

Liebesbriefe geschickt und die Empfangsbestätigungen dieser Einschreiben gingen, von meinem Vater unterschrieben, auch wieder an uns zurück. Er lebte bei einer Verwandten mit dem köstlichen Namen „vom Schlafzimmer", im Original natürlich „de Chambre".

Zunächst habe ich alle von Tesmars in den USA mithilfe einer Personensuche im Internet ausfindig gemacht, verschiedene Schreibweisen ausprobiert und circa zwanzig Anschriften gefunden. Serienbriefe verschickt, keine Antwort, aber auch nicht eine. Mit dem Namen de Chambre ging es schneller: 5 Treffer. Also noch mal schreiben.

Ein einziger Brief kam zurück, von einem John de Chambre aus Florida. Der Mann schrieb mir sehr freundlich, er könne sich an eine Tante in Chicago erinnern, Touhy Avenue, genau. Da wäre wohl auch ein Junge gewesen, mag sein. Sicher war er sich aber, dass da auch noch ein Mädchen war, das von seiner Tante als Waise aufgezogen wurde: Smith, Dorothee Smith. Hier sei die Telefonnummer, sie lebe auch in Florida, Daytona Beach.

Jetzt aber anrufen, besser als schreiben.

„Is this Dorothee Smith?"

„Yes."

„My name is Manfred. I am calling from Germany. I am looking for a relative of mine. May I ask you a question?"

„Please do. Who is the person you are looking for?"

„I am looking for a man. His name is von Tesmar."

„Von Tesmar? Do you mean Larry von Tesmar?"

„Exactly, you know him?"

„You said he is a relative? What kind of relative is he?"

„Well, he is my father."

„Your father? I didn´t know that Larry had a son."

„Can you tell me where I can find him?"

„But he has already passed away, long time ago".

Gestorben? Aha. Hat mich gefreut, war nett, mit dir zu plaudern. Hat sich also erledigt. In God we trust. Vadder gestorben, Thema gestorben.

***

Da hast du aber die Rechnung ohne die deutsche Behörde gemacht. Nur wenige Wochen nach diesem Telefonat erhielt ich einen Brief vom Internationalen Sozialdienst aus Frankfurt, in dem sich ein Zeitungsausschnitt befand. Der Ausschnitt entstammte einer alten Chicagoer Stadtteilzeitung und enthielt Todesanzeigen, unter anderem auch diese:

Von Tesmar, Larry, suddenly, May 17,
1981, father of Linda and Michael.
Committal service in the chapel of St.
Boniface on Wednesday afternoon at 1
o´clock.

Father of Linda and Michael? Da gibt´s noch jemanden?
Schwester und Bruder? Aber warum reagiert denn dann
keiner von den von Tesmars in Amerika? Amerikaner
halt.

Kurz darauf kam noch ein Brief vom Internationalen
Sozialdienst. (Die Behörde lebe drei Mal hoch: Hoch,
hoch, hoch!) In diesem Brief lag die Sterbeurkunde
meines Vaters (Certification Of Vital Record) und jetzt
war es amtlich: geboren am 19. Mai 1930 in Chicago,
deutsche Vorfahren, gestorben am 17. Mai 1981, also
zwei Tage vor seinem 51. Geburtstag (Ich bin längst
überfällig.) Witwer, KFZ-Mechaniker, Kriegsveteran
(Korea!). Das mit dem Witwer auf der Urkunde hat
übrigens nicht gestimmt, geschieden war er. Und das mit
der Tochter Linda war auch falsch, Terry heißt sie
(amerikanische Behörden halt, kein Vergleich zu
Deutschland). Aber das habe ich erst später erfahren.

Trotzdem natürlich jetzt Sackgasse. Entweder sind die ausgestorben, ausgewandert oder wollen nicht entdeckt werden. Angst, dass da einer, mögliche Pfründe in Amerika vom reichen Onkel plündern will. Arschgesichter halt, allesamt.

Wenn man nicht weiß, was man tun soll, dann sollte man aber auch wirklich nichts tun. Meine Devise. Das einzige, was ich getan habe, war, der „Tante Dorothee" aus Amerika ab und zu eine Karte zu schicken oder sie mal anzurufen, in Kontakt bleiben halt.

Bis mich irgendwann mein Künstlerfreund wieder genervt und gemeint hat, ich solle doch nach Chicago fliegen: „Schau dir doch mal die Hütte an, wo er gewohnt hat, oder geh zum Grab. Vielleicht gibt's das noch."

Bin ich so blöd und flieg' nach Chicago, um mir ein Grab anzuschauen, das es vielleicht gar nicht mehr gibt? Nein, das wollte ich nicht machen. So wichtig war mir das ganze Thema nicht. Ich habe einen Vater nie vermisst. „Lebbe geht weiter", auch ohne Vadder.

Der Friedhof St. Boniface im Stadtteil Evanston ist sehr schön; ein alter Friedhof, der nicht mehr benutzt wird. Es ist ein Friedhof für Waise. Von der

Friedhofsverwaltung hatte ich erfahren, wo ich das Grab finden würde: Lot S 1/2 7. Es war ein herrlicher Herbsttag im Jahr 2004. Der Bus hielt unmittelbar vor dem Eingang. Zwei Arbeiter waren mit der Pflege des Geländes beschäftigt. Also fragen, nicht lange suchen.

„Can you tell me where I can find this place, S 1/2 7? It is the grave of my father. I am from Germany and it is the first time that I am here."
„Where from Germany?"
„Munich."
„Oh, Oktoberfest!"
Hilft.
„Come, sit in my car. I will show you the place."
Dann sind wir mit seinem Pritschenwagen 20 Meter gefahren, eher weniger.
„Over there."
Jetzt doch fünf Meter gelaufen.
„Here it is."

Wo jetzt?
Er deutet auf eine Stelle zwischen zwei Bodengrabsteine. Ich sehe nix außer einem Flecken Wiese.
„Where?"
„Here, seven and a half. It`s here."
„But here is nothing".

„Your father has no marker. Look, the marker on the left reads „Anselm von Tesmar" and the marker on the right is „Charles von Tesmar". Your father lies between them. Seven and a half. He has no marker."

„But why?"

„May be relatives didn´t want one, or could not afford one. Or no relatives at all. Anyway, no marker."

Danke, super.

Ich habe mich dann genau auf die Stelle in der Wiese gesetzt, wo er begraben worden war. Ich oben, er unten. Schneidersitz, Lotusstellung, wichtig bei solchen Sachen. Dann gewartet, auf die großen Gefühle gewartet. Vater, hier bin ich, dein Sohn. Vater, warum hast du mich verlassen? Endlich habe ich dich gefunden, mein Leben hat eine Erfüllung. Vergiss es, ein Krampf. Eine dreiviertel Stunde hat das gedauert, dann kam es, das große Gefühl: Hunger. Ich hatte plötzlich Hunger, stand auf, verließ den Friedhof und ging zu McDonalds auf der anderen Straßenseite. So viel zur Vater-Sohn-Beziehung.

Das war´s dann wirklich, dachte ich mir. Hat nicht sollen sein. Die Geschwister halt, aber wenn´s nicht sein soll, dann eben nicht. Is halt so. Wurscht.

Es vergingen keine vier Wochen, da erhielt ich einen Brief von Tante Dorothee. Da hat ein junger Mann angerufen, ein gewisser Randy Walsh, ein Verwandter von dir. Er stammt aus der Familie Till so wie ich. Deine amerikanische Großmutter war auch eine Till, Kathreen Till, sie hatte fünf Geschwister. Randy befasst sich mit Ahnenforschung, erstellt „family trees", er ist ein richtiger Profi. Hier ist seine Adresse, er würde sich wirklich sehr freuen, wenn du dich bei ihm meldest.

„Hi mistery man, we should meet", meinte mein amerikanischer Cousin entzückt, weil er ja nun seinem Stammbaum eine weitere Familie hinzufügen konnte.

Also, dann wieder rüber nach Chicago zu einem Blind Date, meine Tochter begleitete mich diesmal.

Wir trafen uns mit Randy im Hotel. Gutes Auftreten, freundlich, verbindlich. Wir gingen Pizza essen. Unabhängig voneinander bestellten wir uns alle drei die gleiche Pizza. We are family. Die Botschaft war: Mit allen von Tesmars in Amerika bist du irgendwie verwandt, aber die direkte Linie ist schwer herzustellen, denn dein Großvater ist kurz nach der Geburt deines Vaters gestorben, Tuberkulose. Deine Großmutter starb, als dein Vater 12 Jahre alt war. She drank. Dein Vater wurde von einer Tante gemeinsam mit Dorothee Smith erzogen, Touhy Avenue. Dann ging er zur Armee, kam nach Deutschland und nach seiner Rückkehr hat man ihn in den Koreakrieg geschickt. Im Mai 1954 heiratete er. (Anmerkung des Verfassers: Jetzt aber wirklich Arschgesicht! Das war ein Jahr nach meiner Geburt und genau von diesem Mai 1954 liegt mir noch eine schriftliche Bestätigung vom ihm vor, dass er einen der schmachtenden Einschreibeliebesbriefe meiner Mutter erhalten hatte. Vielleicht hatte er kurz vor seiner standesamtlichen Trauung noch Post aus Deutschland bearbeitet.) In der Familie gibt es außerdem ein Problem, Alkohol. Ein Großonkel von dir hat sich wegen seiner Sauferei erhängt, fand keine Arbeit mehr, hinterließ Frau und sechs Kinder. Hier ist ein Zeitungsausschnitt. Das Problem ist bekannt, ich bin deswegen tea totaler. Ja, und dann sind da noch deine zwei Halbgeschwister. Bist du an denen interessiert?

Das war an einem Donnerstag. Wir machten dann noch ein paar Tage Urlaub und waren am Sonntag wieder zu Hause. Am Montag fand ich folgende E-Mail von Randy in meinem Posteingang: „Ich habe deine Geschwister schon vor einiger Zeit gefunden, wollte dich aber erst kennenlernen. Dein Halbbruder Michael wohnt in Chicago. (Hallo, da waren wir doch noch vorgestern!) Deine Halbschwester heißt Terry und wünscht mit dir Kontakt. Sie wohnt in Florida, Daytona Beach. (Wo wohnt die? In Daytona Beach? Wie geil ist das denn? Da wohnt doch auch Tante Dorothee! Wie klein ist Amerika eigentlich?)

Ich ans Telefon.

„Hi Dorothee."

„Oh Manfred, how wonderful. I thought you would call. Your sister Terry was here only a couple of days ago. What a coincidence. She lives at the waterfront, only ten minutes away. We talked a lot. She asked many questions about her father Larry, as she did not know him. But she is very businesslike: Actually, I did not like her."

Aha. Ich an den PC, E-Mail verfassen, an eine Adresse in Daytona Beach. Lange E-Mail, lange Antwort, kurzer Sinn: „Unser Bruder Michael wurde 1955 geboren, zwei Jahre später kam ich zur Welt. Nach vier Jahren Ehe verließ unser Vater meine Mutter. Die Ehe wurde geschieden. Er hat sich nie wieder sehen lassen. Kein Geburtstagsgeschenk, kein Weihnachtsgeschenk, nichts, obwohl er irgendwo in der Gegend wohnte. Er hat damals schon getrunken. Mein Bruder saß einmal zufällig in der Stammkneipe unseres Vaters an der Bar und erzählte einem Freund, dass er seinen Familiennamen geändert habe, früher hieß er von Tesmar. Der Bartender mischte sich ein und fragte: Sprecht ihr von Larry von Tesmar? Der hat bis vor

Kurzem bei uns gearbeitet. Hat hier aufwischt. Dafür hat er da hinten in dem Zimmer wohnen dürfen. Totgesoffen."

Mit meinem Bruder hatte ich nur einmal kurz E-Mail-Kontakt. Dem geht´s auch gut, Haus in Chicago. „Wenn du mal in der Nähe bist, ruf halt an. Vielleicht können wir uns dann treffen." Eindruck: Muss aber nicht sein.

Mit meiner Halbschwester tausche ich manchmal noch E-Mails aus. Es geht ihr gut. Blondine, schlank, sehr hübsches Gesicht, Immobilienfachverkäuferin, verheiratet mit einem Banker. Interessante Paarung, gell, aber sehr wahrscheinlich nicht Verursacher der Bankenkrise (will ich doch jetzt mal schwer hoffen).

Wann immer ich durchblicken lasse, dass ich mal wieder Urlaub in Amerika machen möchte, keine Antwort. Is halt so. Natürlich könnte ich einfach mal rüber fliegen, anklopfen und eine Flasche Wein mitbringen. Reizen würde es mich schon. Vielleicht schenk´ ich mir das zu meinem sechzigsten Geburtstag:

Familientreffen in Amerika, so von Arschgesicht zu Arschgesicht.

20 Familientreffen in Chicago

Fünf Minuten bevor ich es getan habe, habe ich noch nicht gewusst, dass ich es tun würde. Es kam plötzlich über mich.

Ich war in der Arbeit, saß vor meinem Schreibtisch und hatte nichts zu tun, Beamter halt. Dann habe ich es getan, pure Langeweile oder nenne es eine Laune. Ich habe meinem Halbbruder eine Mail geschickt: „Hallo Michael, ich plane Anfang September ein verlängertes Wochenende in Chicago zu verbringen, seid ihr zu Hause? Falls ja, können wir uns treffen?" Die Antwort kam postwendend am nächsten Tag: „Sind wahrscheinlich zu Hause". Keine Anrede, keine Grüße, nur dieser kurze Satz.

Man liest ja gerne zwischen den Zeilen und die knappe Botschaft, die ich als großer Zwischendenzeilenleser zu erkennen glaubte, war für mich eindeutig: Muss das sein?

Dennoch fühlte ich mich ermutigt. War ja eine positive Antwort. Also teilte ich mein Vorhaben auch meiner Halbschwester in Florida mit: „Terry, ich fliege Anfang September nach Chicago und will dort deinen Bruder treffen. Warum Chicago und nicht Daytona Beach? Weil ich da schon zwei Mal war und etwas ortskundig bin." Ihre Antwort folgte auf dem Fuß: „That's great! Let us meet there." Tatsächlich, meine Halbschwester Terry wollte ebenfalls nach Chicago kommen. Geht doch.

Jetzt Problem: Mannilein denkt. Wobei es kein Problem ist, wenn ich denke. Aber wenn ich denke, mache ich aus allem ein Problem, so ist das bei mir. Warum redet der Amihalbbruder mich in seinen Mails nicht mit Namen an? Warum kann er unter seine Mails keinen Servus setzen? Im Übrigen haben die sich doch abgesprochen, meine Halb und mein Halb. Haben die vielleicht einen Plan geschmiedet, um mich zu verarschen?

„Fahr hin, dann erfährst du es", sagte mein Weib und: „Ich bleib' zu Hause. Geht mich nichts an. Deine Familie."

Ich habe dann noch geschrieben, dass ich bereits ein Hotel gebucht habe (Musst keine Angst haben Bruderherz, werde dir nicht auf der Tasche liegen.) und dass ich sie gerne einladen würde in das italienische Restaurant in meinem Hotel, der Koch hat eine Auszeichnung gekriegt. (Müsst euch keine Sorgen machen, dass es teuer für euch werden könnte, ich bezahl' den Abend schon).

Das war Anfang Juni 2015 gewesen. Am Samstag, den 5. September wollten wir uns in der Lobby des Hotels Allegro treffen, West Randolphstreet, 18 Uhr Ortszeit.

Hat das jetzt wirklich sein müssen?, habe ich mich danach gefragt. Bringt Unruhe in mein ruhiges Beamtenleben, zefix. Wozu soll das denn nun eigentlich gut sein? Meine Frau wusste die Antwort: „Damit du endlich mal die Klappe hältst. Seit sechzig Jahren erzählst du die Geschichte von deinem Vater. Das will doch keiner mehr hören. Treff dich mit den Leuten, dann kannste dir meinetwegen was Neues ausdenken oder gleich ganz drübenbleiben!"

***

Der Samstagnachmittag, 5. September 2015, diente dann nur noch der Körperpflege. Mittagsschläfchen (an schlafen war aber überhaupt nicht zu denken), badnehmen, pudern, schniegeln und striegeln. Um 10 Minuten vor 6 Uhr ging ich dann in die Lobby (nicht früher, weil ja cool). Viele Leute da, aber nicht meine Geschwister, denn meine Schwester hätte ich erkannt. Irgendwo war noch ein Sessel frei, Platz! Die werden mich doch nicht versetzen? Vielleicht wollen die endliche Ruhe vor mir haben und kreuzen gar nicht auf?

Um Punkt 6 Uhr schaute ich nochmal in die Runde. Da sah ich sie. Meine Halbschwester, Terry, unverkennbar, ein eher kleines aber durchtrainiertes Geschöpf, im schicken Kleid, popperslange blonde Haare: Leck mich fett. Wer war der Mann neben ihr? Weißes Haar, kleines, gepflegtes Oberlippenbärtchen? Mein Halbbruder. Sie erkannten mich sofort (Kennzeichen rote Fresse). Ich stand auf und schwebte ihnen entgegen, alle drei nun in Zeitlupe aufeinander zu und mit zum Gruß weit ausgestreckten Armen, Hollywood, Schlussszene, schaust Du, gell!

Schmarrn.

Als erstes sagte meine Halbschwester etwas: „Jetzt komm schon her!" Sie umarmte mich und ich sagte mein Sprüchlein auf: „So glad to see you. How gorgeous you are. Thank you for coming up from Florida. It realy means a lot to me."

Ich schüttelte meinem Halbbruder Michael die Hand, schaute ihm lange und tief in die Augen und stellte nichts fest, keinerlei Ähnlichkeit. Mit keinem der beiden, auch die beiden untereinander nicht.

Vor dem Dinner tranken wir an der Bar zunächst einen „Aufbauer" und tauschten Familiendaten aus. Was wollen Sie wissen? Ist ja eigentlich alles Privatangelegenheit. Geht Sie ja gar nichts an, gell. Aber wenn Sie sich nun schon bis hier hin durchgequält haben, dann dürfen Sie natürlich auch Anteil nehmen.

Meine Yacht, meine Pferde, meine Häuser. Das beschreibt mein Halbschwesterherz am Besten. Mit anderen Worten: Es geht ihr finanziell um einige Potenzen besser als mir. Freut mich sehr, um sie werde ich mich einmal nicht kümmern müssen. Aber das muss man sich einmal geben: Da sie nun schon zum dritten Mal verheiratet ist, hat sie bereits fünf verschiedene Nachnamen gehabt. Krass.

Mein Bruder ist ein süffisanter Lächler. Das steht ihm wirklich sehr gut mit seinem kleinen Oberlippenbärtchen. Erfolgreicher Geschäftsmann. Und so wie er lächelt, wenn er das Wort erfolgreich ausspricht, glaube ich es ihm sehr gerne, sonst: Golf, Chicago Bears, Budweiser. Unsere gemeinsame Schnittmenge liegt bei Budweiser. Der Mann ist ausgeglichen, lacht gern, skurrile Witze. Ich habe während des Abends ein sehr zärtliches Gefühl für ihn entwickelt.

Die Mutter meiner Halbgeschwister lebt übrigens noch, ebenfalls in Chicago. Es geht der alten Damen sehr gut. Sie hat nochmal geheiratet und mit diesem Mann drei Kinder gehabt.

Und unser Vater war gar nicht soooo schlecht. Er zog zwar wirklich aus, als seine Kinder fast noch Babys waren, tatsächlich aber nur zwei Blöcke weiter, also direkt um die Ecke und er hat sich in der Tat doch noch einmal um seinen Sohn gekümmert. Als Mike, als 16-jähriger, den Schulabschluss geschafft hatte, hat Larry von Tesmar ihm eine Glückwunschkarte geschickt. Na also, geht doch.

Ein Foto hatte Mike dabei, auf dem war mein Vater abgebildet. Das hat mich allerdings abgestoßen. Da saß der Herr von Tesmar auf einem Barstuhl vor einem leeren Tresen und schien endlos traurig zu sein. Wahrscheinlich war das Bier ausgegangen. Genauso schaut der Mann aus, den du nicht zum Vater haben willst.

Schluss damit. Mein Vater war bei seiner Geburt quasi Halbwaise, mit 12 Jahren Vollwaise. Als 18-jähriger ging er zur Armee und verbrachte die meiste Zeit im Ausland, Deutschland, Korea. Vielleicht kein Wunder, dass er trank, überfordert. Seinen Kindern, jedenfalls den dreien die bekannt sind, geht es heute gut. Na also. Vergeben und vergessen, wie in: „... wie auch wir vergeben unseren Schuldnern."

Vom ersten buchstäblichen Augenblick an war es ein völlig ungezwungener, entspannter Abend. Wir haben miteinander geschäkert und viel gelacht. Im Grunde war es so als wären wir alte Bekannte, family halt. Fester Vorsatz: Wir werden uns wieder treffen. Oktoberfest, konnster denken. Auf dem Flug zurück war ich mit mir sehr zufrieden. Gut war es gewesen. Der Kreis hatte sich geschlossen.

Sonnenuntergang

21 Deutlich über 40

Gestern ist im Freibad in Freising ein Mann gestorben. Zwanzig Meter neben mir. Hitzschlag. Nichts mehr zu machen, der beste Notarzt nicht, hätte ne Auferstehung hinkriegen müssen, klappt selten, eigentlich nie. Natürlich haben die Leute sofort geredet: „Mei, des wohr hoid scho a oider Mo. Über sechzig."

Über sechzig. OK. Aber alt?

Ich bin auch über 60. Oh Gott, oh Gott! (Besser nicht rufen, sonst holt er einen noch). Habe ich deswegen ein Problem? Ja, ich habe deswegen ein Problem.

Ich wusste schon lange vorher, dass mein sechzigster Geburtstag ein schlimmer Tag sein würde, und war deswegen wild entschlossen mein 59. Lebensjahr noch einmal so richtig zu genießen, bevor ich mich verabschieden würde von diesseits der Mauer. Hat man mir aber gehörig versaut, denn das Leben selbst wollte mich auf die Zeit jenseits der Mauer vorbereiten.

***

Ich treffe mich gerne mal mit einem jugendlichen Freund, einundfünfzig, er jetzt, und er wie ich Instructor beim Kranich. Ein schöner, lauer Sommerabend. Wir sitzen beim Italiener, draußen im Garten. Plötzlich schlendern zu unserer großen Freude drei unserer Auszubildenden vorbei. Um der Wahrheit die Ehre zu geben, zwei Mädels (all time favorites, nordische Schönheit und holländischer Hai) und ihr Bodyguard. Wir laden alle drei zu einem Schöppchen ein und vergessen dabei die Zeit. Das Leben ist schön, nicht nur weil der Alkohol seine Wirkung tut, sondern weil wir mit jungen Menschen ratschen, sie noch über unsere Witze lachen können, weil sie uns gespannt zuhören, wir dazu gehören, Teil vom Ganzen, diesseits. Irgendwann blickt die nordische Schönheit in meine rehbraunen Augen, lacht mich glückselig an und ich höre mich sagen:

„Ob das mit uns beiden jemals noch was wird?"

Da lehnt sie sich entspannt zurück und zeigt mir ihren Daumen. Erster Gedanke: Daumen nach oben, hurra!

Dann zeigt sie mir ihren Zeigefinger, es folgen der Mittelfinger, dann ihr Ringfinger und schließlich ihr süßer kleiner Finger. Sie macht kurz eine Faust und dann das ganze Programm von vorne, alle fünf. Und wieder von vorn und noch mal und wieder und immer weiter, sie hört nicht auf.

„Was machstn da?"

„Ich zähle gerade an den fünf Fingern meiner Hand ab, um wie viele Jahre du älter bist als ich. Bei 35 habe ich jetzt aufgehört."

Message understood.

***

In diesem Jahr betreute ich auf einer Messe einen Stand. Eine reizende Dame kam auf mich zu und ich führte mit ihr ein interessantes Fachgespräch. Am Ende unseres Plauschs bot ich ihr noch einen Apfel an, denn wir hatten eine Unmenge Äpfel zu verschenken, um unsere neue App zu featuren (super Marketingmaßnahme: App wie Apfel).

„Nö, danke. Mag keine Äpfel."

„Sie können auch mich haben", sagte ich (halb im Spaß, halb im Ernst.)

Sie blickte mich an. Musterte mich von Kopf bis Fuß, dann:

„Nö. Sie sind mir zu sperrig."

Das kann man auch anders sagen. Oder einfach mal freundlich lächelnd, Fresse halten und ohne ein Wort zu verlieren, abdampfen.

Nach der Messe dann Ausklang. Die Aussteller feiern. Irgendwo gibt´s Freibier, Musik und Tanz. Sie sechsundvierzig, ich damals noch neunundfünfzig. Und ich sage lediglich:
„Du gefällst mir."
Und sie sagt:
„Du bist mir zu alt."

Hallo? 59 minus 46, das macht 13 Jährchen! Sucht die einen Mann oder einen Lustknaben? Und wer garantiert ihr denn, dass sie mit einem Knaben zufriedener sein wird als mit einem erfahrenen Neunundfünfzigjährigen, hä? Und was soll das heißen: zu alt? Was unterscheidet mich denn von einem 25-Jährigen, hä? Gut, er würde gegen mich im 100-Meter-Lauf gewinnen aber im 5000-Meter-Lauf würde sehr wahrscheinlich ich gewinnen! Die halten doch nichts mehr aus, unsere jungen Männer heute. Und sonst? Sonst fällt mir nichts mehr ein. Wer hat denn das bessere Auftreten? Wer ist denn lebenserfahrener? Wer hat denn mehr Geld auf der Bank? Wer weiß denn, wie man hinlangen muss und nicht nur wo?

***

Nur wenige Tage später bin ich nachmittags spazieren gegangen, an einem Schulhof vorbei. Zwei Jugendliche hatten sich etwas abgesondert, fast noch Kinder. Ich nähere mich ihnen, völlig unbewusst. Sie erschrecken, weil sie sich von mir beim Rauchen ertappt fühlen. Da merkt der eine Junge, dass uns ein hoher Zaun trennt, und er ruft mir zu: „Hau ab du alter Sack!"

Alter Sack? Mit neunundfuffzig? Fehlte gerade noch, dass er mir zugerufen hätte: „Deine Alte kann dir mit deinen Sackhaaren einen dicken, weißen Winterpulli stricken!"

***

Und dann sitze ich im Sommer manchmal in einem Straßencafé und schaue den Frauen nach. Und ich sehe die Zwanzigjährigen, kurzberockten Fräuleins und finde es sehr gut, dass sie mich nicht mehr sonderlich anmachen. Was soll das denn? Ich mit einer Zwanzigjährigen? Das will ich keiner jungen Frau antun. Ich weiß, wie ich aussehe. In meinen Hotelzimmern muss ich oft genug an einen dieser mannshohen Ganzkörperspiegel vorbeilaufen. Erst kommt zwanzig Minuten lang die Wampe daher, dann irgendwann das Restmännchen. Peinlich.

Aber wo ist denn dann noch die Zielgruppe eines potenten Zweiundsechzigjährigen? Eine vierzigjährige Frau – und wenn du mich fragst, dann sind die Mitte Vierzigjährigen die großen Zauberinnen –, die will doch einen Lustknaben aus dem Studio! Eine fünfzigjährige Frau nimmt doch nicht mich, wenn sie einen vierzigjährigen Mann haben kann. Sechzig bin ich selber. Soll ich mich etwa nach oben orientieren?

Schluss jetzt!

Nimm dein Alter an. Mach nochmal verrückte Sachen, so nach dem Motto: Ich würde gern nach Kuba fliegen und dort einen Tripper kriegen. Schlag zurück!

***

Mach ich auch. Zunächst einmal habe ich beschlossen, die Frage nach meinem Alter mit „deutlich über 40" zu beantworten. Das bewirkt zunächst ein Stirnrunzeln bei der Dame gegenüber. Der lügt doch, der ist doch deutlich älter als 40! Schon wie der ausschaut! Der ist doch deutlich ...ah, jetzt kommt's langsam. Alter Knabe hat einen Witz gemacht. Quel bon mot! Und sie lächelt. Und wenn eine Frau dich ehrlich anlächelt, dann gehört sie dir auch schon, zumindest so gut wie.

Dann habe ich mich an meine Jugendzeit erinnert. An die Tage des Erwachens. An die Tage des Sturms und die Stunden des Drangs. An die Tage, an denen unsere Körper uns befahlen ins Kino zu gehen, obwohl es uns noch gar nicht erlaubt war. Und es war uns völlig egal, ob wir uns bei der alten Jungfer von Kartenverkäuferin bis auf die Knochen blamierten, weil sie unseren Ausweis verlangte, und genau wusste, was wir ihr entgegnen würden.

Habe mir da ein Spiel ausgedacht.
Das Ausweisspiel.
Es geht so:
Bei jedem Museumsbesuch oder sonst wo, immer aber dort, wo man sich einen unbotmäßigen Vorteil mithilfe seines vorgerückten Alters erschleichen kann, gebe ich mich als Rentner aus, um ein paar Euro zu ergattern. Das ist der Kick! Denn mir fehlen ja noch ein paar Jährchen zur Pension. Betrug. Ho, ho! Gaudi. Sport, Spiel Spannung!

Und ich warte darauf, dass mir jemand vom Kassenpersonal die Frage stellt: „Kann ich mal bitte Ihren Ausweis sehen? So alt sind Sie doch noch gar nicht." Weil ich natürlich überhaupt nicht wie ein Rentner aussehe. Jung, dynamisch, sportlich und faltenfrei, so sehe ich aus.

Aber jetzt wieder tiefer Sturz in die Altersdepression: Glaubst du vielleicht, dass mich schon einmal, auch nur ein einziges Mal, so ein trauriger Hansel von inkompetentem Kassenpersonal nach meinem Ausweis gefragt hat?! Nicht ein einziges Mal.

Dreck, Dreck, Dreck!
Ich habe ein Problem.

22 Ich wäre so gerne Atheist

Ich wäre so gerne Atheist, allein mir fehlt der Glaube.

Früher habe ich geglaubt wie ein Kind: naiv, unschuldig, gottgefällig halt. Als man mir aus dem Buch der Bücher vorlas, dass der Gott der Bibel der Vater des vaterlosen Knaben sei, Gott-Bankert sozusagen, war es um mich geschehen.

Einmal, erste Klasse Gymnasium, da hat mich einer meiner Mitschüler elendig erbarmt. Kramer hieß der, Pickel hatte er, fett war er, und angestellt hat er sich zum Wegschauen. Außerdem stand er in einigen Fächern auf der Kippe, nur in Kopfrechnen war er gut. Alles andere hat ihn nicht interessiert. Wenn der jetzt auch noch in der Schule durchgefallen wäre, nicht auszudenken, wahrscheinlich wäre er zu Hause geviertelt worden, die arme Sau. Wie hätte ein junger Mensch all dies ertragen können? Also habe ich zu meinem Gott gebetet und ihm mitgeteilt, dass es mir nichts ausmachen würde, wenn ich an dem Kramer seiner Stelle durchfallen würde. Ich würde mich freiwillig opfern. Und der liebe Gott ging auf diesen Deal ein und hat mein Gebet erhört.

Zugegeben, diese Geschichte ist jetzt kein starkes Argument für den Glauben an einen „Hörer des Gebets", an einen Schöpfergott. Aber wie schaut es denn mit dem Glauben von Atheisten aus? „Aber Atheisten glauben doch nicht", wenden Sie ein. Haben Sie eine Ahnung! Dreck, Dreck, Dreck!

Wie ist das Leben entstanden? Durch Schöpfung oder durch Evolution? Der gläubige Mensch glaubt, dass Gottvadder, ein intelligentes Wesen, kreativ tätig geworden ist. Er hat sogar alles in der richtigen Reihenfolge gemacht: erst das Licht, dann das Wasser, erst die Wassertiere, dann die Landtiere, schließlich, als Krone der Schöpfung, den Menschen.

Und was glaubt der ungläubige Mensch? Er glaubt an den „big bang", an den Urknall. Der Atheist glaubt, dass es eine riesige Implosion gegeben hat, und schon war das Leben da. Leck mich fett.

Wenn es in einem Haus eine Explosion gibt, dann ist die Hütte aber weg, in zigtausend Fetzen zerlegt. Wie bitte, Herr Atheist, kann durch eine Explosion Leben entstehen? Eigentlich erleben wir bei Explosionen immer das Gegenteil, Leben wird zerstört.

„Aber das ist doch eine Gleichung", sagt der Atheist, „passen Sie mal auf: Haus + Explosion = Energie. Wir können diese Gleichung doch auch umkehren. Haben Sie in der Schule nicht aufgepasst? Energie = Haus + Explosion. Wenn ein Haus explodiert, entsteht Energie, wenigsten das sollten Sie wissen. Jeder physikalische Vorgang ist umkehrbar. Also kann man aus dieser Energie wieder ein Haus bauen, quasi aus dem Nichts. Und so ist aus dem Nichts das Leben entstanden."

Aha. Wir sprechen jetzt aber nicht über tote Materie. Wir sprechen über intelligente Energie, über das Leben. Wie ist intelligentes Leben entstanden? Darf ich mir das so vorstellen: In einem Klassenzimmer gibt es eine große Tafel und es liegen ein paar Stückchen Kreide herum. Jetzt gigantischer Wirbelsturm, Blitz und Donner, Gift und Galle, Hagelschlag und Wolkenbruch, Bush und Taliban. Alles wird vollkommen durcheinandergewirbelt. Armageddon im Klassenzimmer. Bruce Willis, rette bitte die Welt!

Schließlich legt sich der verheerende Orkan wieder. Und jetzt glauben Sie, lieber Herr Atheist, dass die Luftströme die Kreide so bewegt haben, dass auf der Tafel im Klassenzimmer eine exakte mathematische Formel geschrieben steht, sagen wir zum Beispiel, um unsere Diskussion einfach zu halten: $a^2 + b^2 = c^2$?

„Wissen Sie, was ich an gläubigen Menschen immer so bewundere, lieber Herr Gottgläubiger? Ihre einfachen Denkstrukturen." (Du Arschgesicht.) „Die Antwort auf Ihre Frage gibt doch die Zeit. Wenn Sie einen Vorgang, zum Beispiel diesen Sturm im Klassenzimmer, der Zeit aussetzen, wird natürlich irgendwann auf der Tafel eine wissenschaftliche Formel stehen. Selbstverständlich. Das erleben wir doch jede Woche immer wieder aufs Neue. (Ist jetzt nicht wahr, oder?) Jede Woche gibt es Lottomillionäre, obwohl die Chancen, Lottomillionär zu werden, eins zu was weiß ich wie viel Millionen ist. Auch Sie könnten theoretisch alle sechs Richtigen ankreuzen, notfalls müssten Sie halt einige Millionen Jahre spielen."

Wirkt sich die Zeit aber nicht irgendwann zerstörerisch auf einen Prozess aus? Ich werde sicherlich nicht ein paar Millionen Jahre dem Glücksspiel nachgehen können, oder? Und wenn ich meinen alten BMW auf einer grünen Wiese abstelle, ist dann nach einigen Millionen von Jahren ein Flugzeug daraus geworden? Bei allem Respekt, aber so viel Glauben kann ich nicht aufbringen. Und wie soll sich dann Ihrer Meinung nach das Leben entwickelt haben, lieber Herr Atheist?

„Als Meteorologe wissen Sie doch, dass ein Blitz, der in die Erde einschlägt, den Boden mit Sauerstoff düngt. So ähnlich ist in der Ursuppe durch Umwelteinflüsse, zum

Beispiel durch Blitze und im Laufe von vielen Milliarden von Jahren natürlich, eine Zelle entstanden. Die Zellen haben sich vermehrt und geteilt und so hat sich das Leben allmählich entwickelt."

Aber die Ursuppe steht doch für höchste Entropie und somit für Instabilität. Gerade eine Ursuppe stellt doch die ungünstigsten Bedingungen für die Entwicklung des Lebens dar.

„Aber ich habe Ihnen doch den Zeitfaktor erläutert. Müssen wir jetzt wieder von vorne anfangen?"

Und wie sind dann die unterschiedlichen Lebewesen und Rassen entstanden?

„Mutationen natürlich. Wissen Sie überhaupt, was eine Mutation ist? Haben Sie davon schon einmal gehört?" (Blödes Arschgesicht!)

Ich habe von Mutationen gehört, dass sie durchweg negativ sind, also schädliche Abweichungen darstellen. Wie kann denn etwas Schädliches der Baustein für etwas Gesundes sein?

„Survival of the fittest, verstehen Sie? Das Überleben des Stärkeren und die Anpassungsfähigkeit."

Jetzt machen Sie aber einen Punkt. Nur weil ein Schmetterling seine Farbe wechseln kann, um am Baum für Feinde unentdeckt zu bleiben, wird doch kein Adler daraus. Das glaub´ ich nicht. Zum Schluss erzählen Sie mir noch, dass einer mutierten Urzelle plötzlich ein Zipfelchen gewachsen ist und einer anderen mutierten Urzelle das Gegenstück mit all dem ganzen Drum und Dran, Gebärmutter, Eierstöcke, Titten, und das alles zur gleichen Zeit und parallel dazu und dass die Urzellen auf einmal Freude am Poppen entdeckt haben und so sind die unterschiedlichen Geschlechter entstanden.

Für so einen Wahnsinn fehlt mir ganz einfach der Glaube.

Ich bin ein logisch denkender Mensch, durchaus mit naturwissenschaftlichem Hintergrund. Ich weiß, dass das Haus, in dem ich wohne, einen Planer und Bauleute hatte und der Stuhl, auf dem ich sitze, ist auch nicht von selber, in der Ursuppe einer Tischlerei, entstanden. Das hat jemand gemacht. So war das. Wenn also diese toten Gegenstände einen Schöpfer hatten, um wie viel mehr dann das komplizierte Leben. Ich halte es daher mit dem Apostel Paulus, der in irgendeinem seiner vielen Briefe an irgendeine der vielen Christenversammlungen seiner Zeit schrieb, dass Menschen, die nicht an einen Schöpfer glauben, unentschuldbar sind, da die Existenz Gottes durch die Komplexität und die Schönheit der gemachten Dinge erkannt werden kann. Is so. Punktum.

Für mich gibt es Gott. Und damit beginnen meine Probleme.

∗∗∗

Vor einigen Jahren klingelte während einer meiner Nachtdienste das Beratungstelefon. Ein Pilot rief an und bat um eine Wetterberatung für den nächsten Tag. Weil es schon spät in der Nacht war, meldete ich mich wohl etwas mürrisch, was mit meiner dunkelschwarzen Stimme nicht schwer ist. Warum ich so unfreundlich wäre, entwaffnete mich der Anrufer. Er sei Arzt, arbeite für Ärzte ohne Grenzen und müsse am nächsten Tag wieder in den Kosovo, um einen schwerverletzten Menschen auszufliegen. Ich entschuldigte mich und er erzählte mir, dass man diesem Patienten mit einem Lkw beide Beine abgefahren habe. Man habe ihn mit Gewalt auf den Boden gelegt und dann ist ein Lkw über seine gestreckten Beine gefahren. Und dann Rückwärtsgang und dann nochmal volle Kraft voraus. Und jetzt erkläre mal einem Atheisten, dass es einen liebevollen, fürsorglichen Gott gibt.

Aber es ist doch nicht Gott, der diese schlimmen Dinge macht. Es sind doch die Menschen, die Böses tun. Danke, dass Sie mir zur Hilfe kommen. Aber so weit war ich auch schon. Dreck. Dreck. Dreck.

Neulich hat es wieder geklingelt, diesmal an meiner Haustür. Ein freundliches Ehepaar stand vor mir und fragte mich: „Würden Sie, wenn Sie die Macht dazu hätten, alles Böse auf der Welt beseitigen?" „Natürlich würde ich das." „Sehen Sie, und deswegen sprechen wir heute bei Ihnen vor, um Ihnen zu erzählen, wie unser liebevoller Schöpfer bald die Erde von allem Bösen reinigen wird, denn nur Gott kann das tun."

Hallo? Was ist das denn für eine Argumentation? Überlegt euch mal vorher, was ihr da an den Türen erzählt! Wenn ich die Macht hätte, alles Böse zu beseitigen, dann würde ich das auch tun, und zwar sofort. Wenn Gott die Macht hat, das zu tun, dann soll er es gefälligst auch tun, und zwar sofort, sonst ist das unterlassene Hilfeleistung. Darauf steht Gefängnis, und Gott im Gefängnis (!), ganz schlecht für seinen Ruf.

Es geht um eine universelle Streitfrage, erzählen mir andere wohlmeinende Mitmenschen. Der Mensch soll erkennen, dass er ohne Gott nicht glücklich leben kann. Nicht irgendeine menschliche Mickey-Maus-Regierung ist es, die uns weiterbringt, sondern die Gottesherrschaft. Meinetwegen, aber dann soll er auch endlich mit dem Regieren anfangen. Dort, wo Menschen eine Theokratie aufgerichtet haben, ist das allemal noch eine menschliche Theokratie. Bombenstimmung manchmal, ok, aber große Armut und Unterdrückung auch und sehr viele Grenzzäune, damit die Untertanen nicht davonlaufen können.

Adam und Eva haben es verkackt, sagen wieder andere. Um den Menschen vom Tier zu unterscheiden, hat Gott die Menschen mit einem freien Willen ausgestattet. Der Mensch hat seinen Willen missbraucht, hat sich gegen Gott aufgelehnt, sich ihm entfremdet, und jetzt haben wir den Salat. Wer mit Adam und Eva argumentiert, hat von Anfang an ganz schlechte Karten, weil ihm natürlich niemand zuhören wird. Adam und Eva, pah! Die Argumentation ist so dumm aber nicht. Nur wenn ER den Menschen mit einem freien Willen ausgestattet hat, kannte er natürlich auch die Folgen des Missbrauchs und wusste ganz genau, was es bedeuten würde, wenn seine Menschlein ihren freien Willen gegen ihn richten würden. Dann hat er aber auch billigend in Kauf genommen, dass sich das Leben mit allem Schmerz und Leid, mit allen Kriegen und Krankheiten gerade so entwickeln würde, wie es sich entwickelt hat. Das bedeutet im Umkehrschluss aber doch nichts anderes, als dass es ihm erstens wurscht ist (Hab's ja gleich gewusst! Hab's euch ja gleich gesagt!) und zweitens, dass es, solange es Menschen gibt, Ungerechtigkeit und Elend geben wird.

Dreck, Dreck, Dreck.

***

Sie sehen, ich beschäftige mich mit den Fragen an das Leben durchaus mit großem Bemühen. Tatsächlich habe ich mehrere Meter Literatur zu diesem Thema gelesen und einige Zentimeter möchte ich noch mit Ihnen teilen.

Bei meinen literarischen Spaziergängen durch die Theologie und Philosophie bin ich auf eine interessante Gegenfrage gestoßen: „Und wenn es Gott jetzt wirklich nicht gibt, was dann?"

Dann großes Problem, denn dann hätten ja die Atheisten und Evolutionisten recht: survival of the fittest. Dann müsste man die Macht des Stärkeren anerkennen und sich den Stärkeren auch unterordnen. Wenn die Prämisse des Lebens die Überlegenheit des Stärkeren ist, dann hat der Stärkere auch das Recht, den Schwächeren zu unterjochen, dann hatte Hitler recht und Stalin und Mussolini auch, dann muss man sich auch den

Kindersoldaten in Afrika unterwerfen. Schon aus dieser Überlegung heraus ergibt sich schlüssig, dass es bitteschön einen Gott geben muss.

Lieber Gott, bitte mach´, dass es dich gibt.

Antony Flew, einer der großen Philosophen unserer Zeit, war fast sein ganzes Leben lang Atheist. Vielleicht haben Sie von ihm gehört. Dann änderte er seine Ansichten und schockierte seine Anhänger mit der Botschaft: Es gibt einen Schöpfergott. Auch er argumentiert sehr viel mit dem freien Willen. Er steigert sich sogar in die Behauptung, dass gerade die Existenz des Atheisten die Existenz Gottes beweist. Warum? Weil auch der gottlose Mensch automatisch gottgefällige Dinge tut und automatisch böse Dinge vermeidet. Stichwort: Gewissen. Das Gewissen ist kein Produkt der blinden Evolution, sondern ist der Tatsache zu verdanken, dass auch der Atheist im Bilde Gottes geschaffen wurde.

Also, da habt ihr´s, ihr intellektuellen Gscheitmeier, die ihr nur ein materielles Leben führen wollt, in Saus und Braus, mit Champagner und andersgeschlechtlichem Begleitpersonal, ohne wem auch immer gegenüber rechenschaftspflichtig sein zu wollen.

Der freie Wille ist des Menschen höchstes Gut. Wer will schon willenlos sein? Entweder also Mensch und freier Wille, dann aber auch Missbrauch und Dreck, Dreck, Dreck. Oder kein freier Wille mehr, dann aber auch kein Mensch mehr, sondern Maschine oder Tier.

23 Parkinson

Unweit von dem Haus in dem ich wohne gibt es ein kleines Wäldchen, das ich zu Fuß innerhalb weniger Minuten erreichen kann, dahinter fließt die Isar. Hier spazieren zu gehen ist eine wohltuende Freude, zu jeder Tages- und Jahreszeit. So war das auch letzten Sonntagnachmittag.

Die Luft war mild, frühlingshaft. Es war bewölkt, aber es drohte kein Regen. Ich hatte eine Jeans und ein langärmeliges Hemd an. Am Waldrand begegneten mir zahlreiche Menschen, Ehepaare mit Kindern und Hunden, Radfahrer. Doch je weiter ich in den Wald hinein ging, desto ruhiger wurde es. Ich fand mich schnell alleine, in meine Gedankenwelt verloren, so wie ich es liebe: ich mit mir. Ich kann nicht sagen, wie lange ich unterwegs war.

Nach einer Weile kam ich an eine Lichtung. Ich blieb stehen und merkte überrascht, dass es dunkel geworden war. Auch die Luftmasse hatte sich verändert, sie war glasklar, wolkenlos. Plötzlich fühlte ich, wie die Luft von allen Seiten auf mich zuströmte. Sie schien sich vor mir zu verdichten und umhüllte mich. Sie kroch zwischen meine Beine und Arme, ummantelte mich wie ein Kokon und machte mich bewegungsunfähig. Ich war gefangen in einem festen Panzer, durchsichtig wie Glas, fest wie Eis. Ich war von diesem Vorgang so fasziniert, dass ich überhaupt keine Angst verspürte.

Vor mir, inmitten der Lichtung erschien ein Spaziergänger. Er rief mir etwas zu: „Komm!" Ich versuchte zu erkennen, wer dieser Mann war. Er sah aus wie mein alter Freund Klaus. Aber das konnte nicht sein, denn Klaus war voriges Jahr verstorben. „Komm mit mir!" wiederholte der Mann. Ich war jedoch wie gelähmt. Ich versuchte mich zu bewegen indem ich abwechselnd mein Gewicht zuerst auf das linke Bein, dann auf das rechte Bein verlagerte. Ich hoffte, so den Kokon, der mich umgab, abschütteln zu können. Offensichtlich wurden dadurch andere Spaziergänger auf mich aufmerksam. Sie wollten mir wohl helfen, aber ich konnte sie nicht sehen, nahm nur ihre Stimmen wahr. Jemand fragte mich: „Geht es Ihnen gut?" Eine andere Stimme bat mich: „Nicht einschlafen." Ganz entfernt sagte jemand: „Papa?" Das ergab für mich alles keinen Sinn. Aber die Berührungen der Menschen um mich herum taten mir gut. Ich fühlte Wärme von meinen Beinen nach oben steigen. Es war, als würde der Luftpanzer, der mich umhüllte porös. Dann wurde mir aber schwindlig. Mein Gehirn verkrampfte sich und eine unsichtbare Kraft zog mein Denkvermögen, meinen

Geist, den Menschen, der ich innerlich bin, aus meinem Kopf heraus. Mein Sein entfernte sich von meinem Körper. In diesem Moment hörte ich wieder die Stimme meines alten Freundes. „Jetzt komm!" Er gab mir die Anweisung, die Lichtung zu überqueren und solange weiter über den Gipfeln der Bäume zu schweben, bis ich auf der anderen Seite des Flusses ein Haus erkennen würde. Die Kraft meines Geistes trieb mich an und es dauerte nicht lange bis ich das Haus sah. Es sah aus wie mein Elternhaus. Gelb gestrichen, Sprossenfenster, grüne Fensterläden, die grüne Eingangstüre, Messingbeschläge, fast hundert Jahre alt.

In einem Zimmer brannte Licht. Ich klopfte. Niemand antwortete. Die alte Haustür war nicht verschlossen und ließ sich leicht öffnen. Ich betrat den Hausgang. Zu meiner Rechten stand eine Zimmertür offen. Drinnen konnte ich nur einen alten braunen Ledersessel erkennen, auf dem ein Mann unbestimmten Alters saß, durchaus gepflegt. Er schaute mich interessiert an, so als habe er mich erwartet.

„Wer sind Sie?" fragte ich zögerlich.
„Ich bin dein Vater."
„Mein Vater?" Fragte ich zurück.

Ich kenne meinen Vater nicht. Weder hat er mich, noch habe ich ihn jemals gesehen. Ich habe später Nachforschungen angestellt und herausgefunden, dass er relativ jung gestorben ist. Er verstarb im Ausland. Ich hatte nie einen Bezug zu ihm. Für mich war mein Vater tot. Das einzige, was ich von ihm hatte war ein Foto, worauf er als junger amerikanischer Soldat abgebildet war.

„Mein Vater lebt nicht mehr. Er ist tot."
„Du meinst, er ist vor vielen Jahren verstorben."
„Ist das nicht dasselbe?"
„Nein."

„Was ist das für ein Haus?"
„Warum fragst Du? Erkennst Du es denn nicht? Es ist dein Elternhaus. Hier bist du doch geboren und aufgewachsen, hier in diesem Haus. Mittlerweile gibt es in diesem Haus viele Wohnungen. Willst Du dich umsehen? Aber betritt nicht den Keller, sonst kannst Du nicht mehr zurück. Die Wohnungen im ersten Stock sind ohnehin verschlossen. Und mach dir Licht, es ist Nacht geworden."

Ich verlies den Mann, der behauptete mein Vater zu sein. Nun stand ich wieder im Hausgang. Rechts neben mir ging eine Holztreppe steil nach oben, bernsteinfarben, einladend. Am Ende des Ganges sah ich die Kellertür. Für mich war das Betreten des Kellers immer sehr befremdlich gewesen, ein Nasskeller, den man nicht nutzen konnte. Was sollte ich darin? Ich entschloss mich, das Zimmer, das sich mir gegenüber befand, zu betreten. Ich machte Licht und sah einen jungen Mann an einem Tisch sitzen, er trug eine amerikanische Fliegeruniform. Er lächelte mich freundlich an.

„Wer sind Sie?" fragte ich.
„Ich bin dein Vater," antwortete er mir und sein Lächeln überstrahlte sein ganzes Gesicht.
„Mein Vater?"
„Schau mich an. Erkennst du nicht den Mann auf dem kleinen Foto, das du von mir besitzt."
Ich ging auf ihn zu und studierte sein Gesicht.
„Wie ist das möglich?"
„Ich habe das Fleisch abgelegt. Ich bin jetzt Geist."
Er behielt sein Lächeln bei.

„Wohnt hier denn überhaupt irgendwer?"
„Im ersten Stock. Und im Keller befinden sich ein paar Menschen, die darauf warten, gerufen zu werden, um eine Wohnung zu beziehen. Aber diese Menschen kannst du nicht erreichen, es sei denn, ich teile für dich den Schleier der zwischen dir und ihnen gespannt ist.

Aber dann musst du bleiben und solange warten, bis dir eine Wohnung gegeben wird.

Ich hielt für einen kurzen Moment inne. Dann drehte ich mich um und verließ den Raum wieder. So stand ich erneut in dem langen Hausgang auf abgenutzten Sollnhofer Fliesen. Der Keller übte auf mich keine Anziehungskraft aus. Aber ich horchte angestrengt ob ich Stimmen vernehmen könnte oder irgendein anderes Geräusch. Doch weder vernahm ich Stimmen von unten noch von oben. Überall war es andächtig still.

Ich entschloss mich ein paar Treppenstufen nach oben zu steigen. Der Treppenaufgang war unbeleuchtet. Mit jeder Stufe die ich nahm, wurde es etwas dunkler. Doch das Mondlicht, das in das Haus durch ein Fenster in einer Dachschrägen schien, reichte aus, um mich zu orientieren. Mit der letzten Stufe stand ich in einem Flur und sah eine Reihe von Türen, die zu verschiedenen Wohnungen führten. Ich ging auf eine dieser Türen zu, wagte aber nicht die Türklinke anzufassen. Man hatte mir ja gesagt, dass sie alle verschlossen waren.

„Möchtest Du wissen, wie es in dieser Wohnung aussieht?" Ich hörte die Stimme der Person, die behauptete mein Vater zu sein.
Ich war unschlüssig.

„Ich könnte dir aufsperren," bot er sich an.

Ich zögerte.

„Kann ich wenigstens hineinschauen, ohne die Wohnung zu betreten?"

„Hast Du Angst hier bleiben zu müssen?"

„Nein, Angst nicht, ich will es nur nicht."

„Mach die Tür auf, sie ist nicht mehr versperrt. Schau in das Zimmer hinein."

Ich machte die Tür weit auf und erkannte sofort mein Arbeitszimmer. Auf dem Schreibtisch stand die alte Schreibtischlampe aus poliertem Messing. Daneben das Foto meiner Kinder, mein Kalender, die schwarze lederne Schreibtischunterlage. Ein Mann saß auf dem Schreibtischstuhl. Er bemerkte mich nicht. Er drehte mir den Rücken zu, las konzentriert in einem alten Buch.

„Wer sind Sie?" fragte ich.

Der Mann hörte mich nicht, so vertieft war er.

„Bitte, wer sind Sie?"

Da drehte sich der Mann langsam um und ich blickte in mein eigenes Spiegelbild.

So geht das nun schon seit einigen Jahren. Mitten in der Nacht werde ich von Panikattacken geplagt, wache auf, schweißgebadet. Ich habe Angst, aber ich weiß nicht wovor. Den Kindern geht es gut, warum mache ich mir Sorgen? Alles ist doch in Ordnung. Ich muss keine Angst haben. Vielleicht ist es die Krankheit, vielleicht sind es die Tabletten, vielleicht ist es die vorangeschrittene Zeit. Ich stehe auf, muss mich beruhigen, dem Zwang entfliehen, in der Realität wach werden. Um wieder Ruhe zu finden gehe ich in mein Arbeitszimmer, setze mich hin und fange an mein Buch weiterzulesen. Dann bessert sich mein Zustand allmählich. Manchmal, wenn es ganz schlimm ist, greife ich auch zur alten Familienbibel und lese darin, damit der Frieden, der alles Denken übertrifft, auch mein Herz und meinen Sinn behütet.

24 Der FC Bayern, Bazelona und der liebe Gott

Es geht dem Ende entgegen, Sie merken es. Und wenn es so ist, dann beschäftigt man sich natürlich sehr intensiv mit dem Leben vor dem Tod: Was geht noch? Aber auch die Frage, was ist mit dem Leben nach dem Tod ist präsent, ob, oder ob nicht, verstehen Sie?

Wenn es jetzt keinen Gott gibt, wäre alles gut. Man könnte beruhigt sterben. Wenn aber doch, dann vielleicht Auferstehung der Gerechten und der Ungerechten, Auferstehung zum Leben oder zum Gericht. Ich eher Ungerechter, also eher Auferstehung zum Gericht. Und weil doch der Himmelvadder der Vadder des vaterlosen Knaben ist (Gott Bankert), stell ich mir des etz ganz blöd vor. Ich kumm do nauf, kriech sofod eins in die Fresse und fall hinterschi gleich wieder in den Hades zurück. Da weiß man ja garnet, war des jetzt scho die Auferstehung oder no net? Bei solchen Aussichten stirbt es sich ganz ungern.

Aber eigentlich kann es IHN ja gar nicht geben, weil, Sie haben es ja gelesen, wenn es ihn gäbe, dann müsste er schon längst das Böse abgeschafft haben oder vielleicht nicht? Dieses Argument beruhigt mich dann schon ein wenig, wenn ich an meinen ultimativen Abgang denke. Aber dann, leck fett, hatte ich eine Offenbarung.

Ich sah IHN. Auf einer Wolke sitzend (Cumulus congestus, ich kenn' mich da wirklich gut aus), schenkte er sich eine Maß Mannah ein und ließ es sich gut gehen. Füße baumelnd frohlockte er vor sich hin: Ich freue mich. Ich freue ich. Ich freue mich schon so.

Das war an dem Tag, an dem der FC Bayern München gegen den FC Barcelona gespielt hat, Champions League, Halbfinale. Mein Nachbar, ein echter Fan, hatte seine Familie auf das Spiel bereits eingestimmt. Alle mussten sie Fanschal, Zipfelmütze, Bayerntrikot und kurze Shorts tragen, den ganzen lieben langen Tag. Und sein Sohn hat gleich nach der Schule, hinten im Hof, Fußball gespielt, mit einem braunen Lederball (das Leben wiederholt sich). Und ich habe ihn gefragt:

„Deffst hait Nacht des Spill ah oschaun?"
„Ja, deaf i. I gfrei mi scho ganz narrisch, dass i heint aufbleim deaf und des Spui ah seng deaf. Aba vorher gema no zum bättn (beten). Damid ma a wirklich gwinna! Des Bättn huift, sogt d´Mama."

(Kurze Einfügung: Sie haben es sicherlich gemerkt. Obiges weicht von der lieblichen Sprachmelodie meiner

Muttersprache, dem Fränkischen, ab. Das liegt daran, dass Bayern aus mehreren Stämmen besteht. Ich bin ein fränkischer Edelmann, wohne aber in Oberbayern, das sind die mit den Lederhosen und dem Laptop. Diaspora. In Bayern muss eben sprachlich sehr begabt sein. Für einen Edelmann kein Problem. Für Sie jetzt aber möglicherweise große Herausforderung.)

Und wie der Bub das gesagt hat, mit dem beten jetzt, habe ich bei mir gedacht: So ein Schmarrn! Es gibt doch bestimmt auch tausende Fans vom FC Barcelona, die für den Sieg ihrer Mannschaft beten und Kerzen spenden und weiß der Teufel noch was. Was macht denn da der liebe Gott?

Siehst Du. Und gerade in diesem Moment hat sich vor meinen Augen der Himmel geöffnet und ich habe IHN gesehen. Auf dem Cumulus congestus sitzend. Mit der Maß Mannah. Füße entspannt baumelnd, sich freuend.

„Welche Sprache?"
„Hä?"
„Wie bitte?"
„Was, wie bitte?
„Dieses „hä"? Was heißt das?
„Wie bitte."
„Was dieses „hä" heißt, möchte ich gerne wissen?"

„Wie bitte."

„Hörst du schlecht? Also, ich möchte gern wissen, was dieses „hä" bedeutet. Magst du mir das nicht sagen?"

„Ach Gotterla na. Dieses „hä", was ich benutzen tu, ist Fränkisch und heißt ungefähr: wie bitte, Kurzform."

„Entschuldigung. Fränkisch kann ich nicht. Aber lass uns bayrisch reden. Des konnst doch ah. Woast scho, die Katholiken hamm do z'letzt an Pabst ghabt, Ratzlspatzl haman koassn, bei dem hobis glernt, den Dialekt moin i. Gfoid ma, der Dialekt jetz. Der woit jeden Dog glei öfters mit mir dischkuriern. Hob i eahm aba abgwohnt. Is dann beleidigt abtretn. Und über wos mogst du mit mir redn?"

„Fussball."

„Fuassboi?"

„Na, Fussball. Bei uns dahamm in Franken hasst des Fussball."

„Jetzt mach di ned lustig üba mi, des is ned guad für di, glab ma's. Weißt du, ich muss dem Bayern ein Bayer sein, dem Franken ein Franke, dem Preußen ein Preuße, usw. Hod amoi oana von meine Leid niedergeschriebn, drunt. Frage?"

„Hä?"

„Wos wuist etz von mir wissn?"

„Äh, wie das ist mit den Bayern und dem FC Bazelona, wenn alle gleichzeitig zu dir beten. Und warum du das Böse zulässt?"

„Des is einfach. Des konni dia in oam Aufwasch erklärn. Zerscht des mit dem Fuaßboi. I gfrei mi nämli scho selber so sakrisch auf des Spui. I hob mia scho ois hergricht. Schau, a Maß hob i mia scho eigschenkt. I mog nämlich dehs Fussboi. Sonst erfindn meine Menschnkinda ja bloss an rechtn Scheißdreck, aba des mit dem Fuaßboi, des ham´s guad gmacht. I gfrei mi wirkli."

„Echt? Und wer gwinnt?"

„Mir wurscht. Hauptsach a scheens Spui, vastähst?"

„Hä?"

„Es ist mir völlig egal, wer gewinnt. Ich bin doch der Gott. Ich bin neutral. Ich kann nicht helfen, eben weil ich Gott bin. Verstehst Du das? Die Fäns kenna den Schiedsrichter bestechen, der is doch von der FIFA oder net, aba mi doch net. A scheens Spui mecht i seng. Gaudi, host mi?"

„Obber die Laid, die zu dir behtn (fränkische Sprachweise, in Oberbayern aber: bättn, siehe oben), die glahm doch, dass du dene helfen tust?"

„Hör ich doch gar ned."

„Net? Obber du bist doch der Hörer des Gebets. Ma erwadded doch, dass du die Gebete hörst und erhörst."

„Kennst dich nicht so gut aus, gell? Ihr meint immer, wenn ihr um etwas bittet, muss ich gleich springen. Ts, ts, ts. Ein Gebet muss im Einklang mit meinem Willen sein. Fußball hat mit meinem Willen überhaupt nichts zu tun. Aber schön ist der Fußball schon. Mag ich sehr."

„Glei springa, glei springa. Woss hasst do glei springa? Mir waddn jetzt scho dausende von Johr, dass du des Böse endlich amohl wechnimmst von der Welt. Und was machst du? Du schaust Fussball, Bayern gecher Bazelona!"

„Hör ich da Kritik, du dummer, dummer Bub?"
„Äh …, na …, a Lobgesang wors."
„Du wartest schon seit mehreren tausend Jahren, hobi di do recht verstandn, dich, der mit einem Grunzlaut zu mir spricht, den wo er mit seinem Gaumensegel aweng modifizieren tut?"
„Ich natierlich nett, die Menschheit halt. Um wos derfmern dann überhaubt bittn, wemmer zu dir behtn tut?"

„Dass ihr meinen Willen erkennt und im Sinne meines Geistes handelt. Dann wird es euch gut ergehen. Wenn nicht, dann nicht. Sieht man ja."
„Hä?"
„Horch zu Menschenkind, stell dich nicht so blöd an! Wer von euch kennt denn überhaupt noch meinen Willen, hä? Und selbst wenn, wer tut denn noch meinen Willen, hä? Wer glaubt denn noch an mich, hä? Und wenn er an mich glaubt, was glaubt er denn dann manchmal für einen ganz furchtbaren Krampf? Woast scho, da Deife (Teufel, fränkisch aber: Daifl) glabt a, dass mi gibt, nutzt eahm aba gornix.
„Äh."

„Nix äh. Beispiel Fuassboi: Wenn i etzat Bazelona helfa dad, was wäre dann mim Fuassboi? Die da-da-dn (bayerischer Konjunktiv, Übersetzungshilfe: täten, im Fränkischen aber: dädn) imma gwinna. Gfallert koam, Barcelona ned und de andern Mannschaftn ah ned und die Wetter sowieso ned, konnst nix gwinna. Schautsi doch koaner mehr oh. Lösung?"

„Wass net."

„Scho klar. Entweder lass mas, so wias is, oder i machs alle zwoa Fias kleaner, de Fussballer jetzt."

„Zwa Fiehs klenner? Obber dann sins ja hie."

„Schau, wenni mi net eimisch, wenns so bleibt, wias is, gibt´s Siege und Niederlagen und Trauer und Geschrei und Schmerz. Wennst des net wuist, muass is zwoa Fiass kleaner macha, dann gibts koan Fuassboi mehr und koaner muass mer traurig sei, weil sei Mannschaft verlorn hot und koaner woant mehr."

„Mussts nett glei zwa Fiehs klenner machn, konnst den Fussball ja ah verbieten."

„Witz jetzt, oda? Du gfoist ma, bist a rechts Gaudinockerl."

„Gaudinockerl? Des is fei woss ganz wos anders."

„Wos soll dees sei?"

„Willst du gornet wissn."

„Titten sans. Moanst i bin bläd, ha? Hob i doch selber gmacht. Is nix unanständigs. Stirn, Nase, Mund, Titten, Bauchnabel, Zipfelchen, Kniescheibe, große Zeh. Alles von mir gmacht, alles rein, alles sauber. Nur ihr machts woss dreckerts draus."

„Aus der Stirn net."

„Schweig still jetzt und hör mir zu! I red etzt daitsch mit dir, dass des a wirkli richtig verstähst: Hat sich von euch Menschenkinder schon jemals einer um meine Gebote gekümmert? Verbote sind zum übertreten da, holleri und hollera. Wer scheißt sich denn von euch um meine Verbote, ha? (Kein Tippfehler. In Oberbayern „ha", in Franken aber „hä.)

Jetzt pass auf. Lehrbeispiel: Ihr führt ständig Kriege und zerfetzt euch. Folge: Tod, Trauer, Leid, Schmerz, Geschrei. Habe ich euch nicht angeschafft. Gebe zu, ganz früher habe ich auch schon mal ein Krieglein führen lassen. Dann habe ich das aber auch ausdrücklich gesagt und dann war wieder gut. Das ist jetzt aber schon ein paar tausend Jahre her. Jetzt ist die Nächstenliebe angesagt. Liebet eure Feinde, sog i, net schlagt euch die Schädel ein, zefix. Alle Kriegsparteien kommen zu mir und beten um den Sieg. Ich höre das gar nicht. Ich kann keinem helfen und wenn sie noch so viele Eimer Weihwasser über ihre Pistolen schütten. Weil ich Gott bin. Ich habe es nicht angeschafft, sie tun nicht meinen Willen.

Zweites Lehrbeispiel: Ich habe gesagt: Macht euch die Erde untertan. Von Ausbeutung war nicht die Rede. Ihr vergiftet eure Umwelt, nicht mein Wille, schnauft das Gift ein, werdet krank, leidet, schreit vor Schmerz und gebt mir die Schuld: Warum lässt Gott das zu? Weil ihr selber schuld seid! Weil ihr nicht meinen Willen tut! Weil ihr euch von mir entfernt habt! Ihr solltet machen, was ich euch angeschafft habe, dann gäbe es das Böse gar nicht. Ihr macht aber genau das Gegenteil. Die einen von euch machen die Erde kaputt, die anderen lassen es zu. Ihr seid es, die das Böse tun und ihr seid es, die das Böse auch zulassen. Die einen beuten Tiere aus, stopfen sie mit Chemie voll und die andren lassen das zu und fressen die Viecher dann auch noch, obwohl sie wissen, dass das krank macht. Und danach Schmerz und Leid und Trauer und große Empörung: Warum lässt der da oben das zu? Habe ich euch alles nicht angeschafft. Habe gesagt: Behandle die Menschen so, wie du von ihnen behandelt werden willst. Dess hob i aich ogschafft. Konnst nochlesen. Steht so in jedem alten Buch, wurscht wo auf dera Welt. Hast du das jetzt „a weng" verstanden, ja?"

„???"

„Dann subsumiere ich für dich noch einmal. Privataudienz. Horch zu: Ich habe euch mit so vielen Verboten belegt: Du sollst nicht töten. Du sollst nicht stehlen. Du sollst nicht lügen. Du sollst nicht betrügen. Du sollst nicht begehren. Und ich habe euch gleichzeitig so viele Empfehlungen gegeben: Liebe deinen Nächsten wie dich selbst. Und was hat es gnutzt? Nix hat es genutzt. Wenn ihr wollt, dass es das Böse nicht mehr gibt auf dieser Welt, dann hört einfach auf Böses zu tun. Tut stattdessen meinen Willen. Denn, wenn ich das Böse beseitigen wollte, dann müsste ich das Böse an der Wurzel ausrotten. Klar?"

„Net klor."

„Und was ist die Wurzel alles Bösen?"

„Sags net."

„Der Mensch."

„Mahnst wirkli?"

„Ohne Menschen keine Kriege. Ohne Menschen keine Umweltverschmutzung. Ohne Menschen gar kein Problem. Soll ich weiter machen? Wenn ich also das Böse ausrotten soll, muss ich den Menschen ausrotten. Weil ich die Menschen aber nicht gern ausrotten will, sind mir grundsätzlich ja gut gelungen, lass ich das Böse zu. Jetzt schaugst obber wia Acherla (Oachkatzl, Eichhörnchen) wenn's blitzt. Irgendwann, kurz bevor ihr mir den Planeten ganz kaputt macht und euch selber auch, muss ich es aber tun. Host mi etzt?"

„Ausrotten? Mahnst du etz Armageddon? Bruce Willis? Macht der des am jüngsten Dohch etz doch? Obber des konns doch net sei. Viele Menschen hom doch so a

Dreckslehm ghabt, die kenna doch nix dafier. Des is doch ungerecht. Host du kann Blahn Be?"

„Entspann dich. Weil ich mit euch Mitleid habe, habe ich mir einen wunderschönen Platz ausgesucht, wo ihr alle nochmal glücklich leben könnt, wo ihr quasi entschädigt werdet für all das Elend, das ihr ertragen musstet. Das ist mein Plan B."

„Und wo iss des? A place without a name?

„Das ist dort, wo weder Tod, noch Trauer, noch Geschrei, noch Schmerz mehr sind. Die früheren Dinge sind vergangen."

„Wer´s glabbt."

Für Daniela

Einmal kam eine Bekannte von uns zu Besuch, die Christl. Sie nahm dich auf ihren Schoß und begann dir ein Märchen vorzulesen. Da nahmst du ihre Hand und führtest diese an ihren Mund, schweig still. Und dann hast du weitergelesen. Wort für Wort. Ohne ein Wort auszulassen. Fehlerfrei. Mit deinem Zeigefinger hast du mitgelesen. Und manchmal war dein Zeigefinger ganz woanders, denn damals warst du erst vier Jahre alt und konntest überhaupt noch nicht lesen, kein einziges Wort. Da wussten wir, dass du etwas Besonderes bist. Und so ist es ja auch.

Für Matthias

Einmal warst du sehr frech zu deiner Mutter und ich habe dir für den nächsten Tag Hausarrest erteilt. Das war ein Samstag. Samstags hast du immer Fußball gespielt, im Verein. In weißen Trikots, mit Stutzen und Schienbeinschonern, Fußballschuhe mit Stollen. Als ich an diesem Samstag von der Arbeit nach Hause kam, hättest Du eigentlich daheim sein müssen. Stattdessen fand ich einen Zettel auf meinem Schreibtisch: „Lieber Papa. Ich weiß, dass ich gestern sehr böse war und dass du mich dafür bestrafen musst. Aber ich spiele so gerne Fußball. Ich bin jetzt nicht zu Hause, weil ich beim Fußballspielen bin. Ich weiß, dass du mich jetzt noch mehr bestrafen musst und ich verstehe das, ich werde dir nicht böse dafür sein." Solche Söhne wünschen sich Eltern.

Vom gleichen Autor sind erschienen:

Brauch deine Liebe nicht
Acht unglaublich wahre Geschichten

Hagelschlag und Nagellack
Ein Spaßbuch für Piloten und Flugschüler